골목에서 바다로, ─── 수영

골목에서
바다로,
＿＿＿ 수영

한국지역출판연대 기획

호밀밭

들어가며
골목에서 바다까지
곳곳이 문화로 파도치는 도시, 수영

　　모든 도시는 실핏줄처럼 연결된 골목에서부터 가장 많은 사람이 모이는 광장까지 눈 닿는 곳 어디든 다양한 삶의 무늬로 얽혀있게 마련입니다. 무엇보다 거기에는 사람들의 이야기가 있고, 역사와 전통이 살아 숨 쉬며, 새롭게 만들어지는 관계들로 활기를 띕니다. 이 책은 그렇게 아름다운 수많은 곳 가운데 한국의 남쪽 바닷가에 있는 도시 수영(水營)으로 여러분을 초대합니다. 수영의 자연, 거리, 사람들, 예술, 무엇보다 저 싱싱한 바닷가에서 저마다 나름의 색깔과 모양으로 독특하고 다양한 문화를 일궈온 사람들의 흔적을 기념하는 책이기도 합니다.

　　수영에는 유난히 문화예술 관련 단체와 공간이 많습니다. 그래서 예술가의 비율도 높고 도시 곳곳에서 상시로 수많은 프로그램이 열립니다. 마침 올해 9월 한국 최초의 해변도서전으로 열리는 한국지역도서전을 계기로 그 단체들과 공간들을 기획, 공간, 확산이라는 키워드로 묶어 소개할 수 있게 되어 기쁩니다. 1부 기획 부분은 '심다'라는 부제 아래 수영에서 문화기획, 출판, 미디어, 연극 등 다양한 방식으로 새로운 문화의 가능성을 시도하고 있는 사람들을 만나봅니다. 2부 공간 부분은 '가꾸다'라는 부제 아래 라움프라다바코, 수영성마을박물관, 도도수영8A 등 수영의 대표적인 문화공간들과 곳곳에서 활동 중인 다양한 공방들을 소개합니다. 마지막으로 3부 확산 부분은 '퍼뜨리다'라는 부제 아래 책방, 비건 식당, 비극장 상영, 독립 전시 등 독특하고 실험적인 형태로 문화를 확산하고 있는 사람들의 이야기를 담았습니다. 이번 도서에서는 수영에 있는 40여 개의 문화예술 관련 단체 및 공간을 소개하고 있지만, 다루지 못한 곳이 많습니다. 이번 한국지역도서전을 시작으로, 앞으로 많은 계기가 만들어져 더 많은 문화예술 관련 단체 및 공간과 이어질 수 있으면 좋겠습니다.

우리가 만난 수영의 청년과 예술가, 문화기획자들은 모두 도시의 미래가 결국은 이웃과 공동체의 관계 속에서 만들어지고 발전할 수 있는 것임을 잘 알고 있었습니다. 생태와 역사, 이야기와 문화를 중심으로 우리들의 도시를 더 근사하게 만들기 위해 노력하는 사람들을 만나다 보면 도시란 단순히 집과 거리의 집합이 아닌 그곳에서 터를 잡고 살아가는 사람들의 일상과 이야기들을 통해 매 순간 새롭게 만들어지고 있는 것임을 알게 됩니다. 그리고 그것이 바로 모자이크처럼 서로 어울리지 않아 보이던 것들이 허물없이 서로 스미고 배며 자연스러운 풍경을 연출하는, 광안리 바닷가와 같이 시원하고 넓고 깊은 수영 문화의 특징일 겁니다.

수영은 지금도 충분히 근사한 도시이지만 앞으로 더욱 멋진 도시로 발전하기 위해 다양한 시도들을 펼치고 있습니다. 민과 관이 하나 되어 어려움을 해결했던 여민동락(與民同樂)

의 전통과 문화적 유산을 곳곳에서 여전히 목격할 수 있는가 하면 한편으로는 가장 세련되고 앞서가는 라이프 스타일로 저마다 다름의 삶을 가꿔가고 있는 도시. 이 책은 바로 그런 도시 수영의 면면을 생생하게 확인할 수 있는 좋은 계기가 될 것입니다. 가장 부산다운 문화를 만날 수 있는, 현재진행형으로서의 문화도시 수영에서 언젠가 흐뭇한 마음으로 함께할 날을 소망하며 인사를 대신합니다.

2023년 늦여름 광안리에서
부산출판문화산업협회 회장 장현정

목 차

1부 기획(심다) : 문화를 만드는 사람들

2부 공간(가꾸다) : 문화를 담는 사람들

3부 확산(퍼뜨리다) : 문화를 퍼뜨리는 사람들

1부

기획(심다)

문화를
만드는
사람들

수영에서 문화기획하기

플랜비문화예술협동조합

수영문화도시센터

배미래 수영문화도시센터 도시브랜드 팀장

대학생 시절, 골목에 있던 문화콘텐츠와 우연히 마주하고 '이게 살아있는 역사다' 싶어 문화기획 일에 뛰어들었다. 현재 문화기획 7년 차를 향해 달려가는 중이다. 샤이 관종이라 부끄러움이 많지만, 좀처럼 빠지는 않는 편이다. 어쩌다 보니 계속해서 수영구를 기웃거리고 있다. 문화를 알아가는 것은 맥락을 알아가는 것이라 확신한다. 연구자 기질을 가진, 맥을 잘 짚는 활동가가 되기 위해 이것저것 하고 있다.

'문화기획', 그 어렵게만 느껴지던 단어. 추상적인 단어 두 개가 뭉치니 무게감이 엄청나다. 그렇기 때문일까. 우리는 문화기획자인지, 아니라면 우리는 무엇인지 지역의 동료들과 함께 진지하게 토의하기 수차례다. 꽤 가까운 과거까지는 부정했지만 최근 닿은 결론은, 나는 문화기획자이다. 그것도 어쩌다 보니 수영구를 기반으로 하는. 이 결론을 얻기까지 무려 7년이 걸렸다. 뒤에 이어질 글은 나에게 문화기획이란 무엇인지, 느리지만 분명하게 안내해 준 수영구 문화기획단체에 관한 이야기다. 어떨 때는 연구자로, 어떨 때는 마케터로, 또 어떨 때는 사람과 사람을 이어주는 커뮤니케이터로, 기획이라는 이름으로 이 변화무쌍한 활동들을 소개하면서 지역을 고민하는 문화기획이 어떤 것인지 함께 고민해 보려 한다.

지역 기반의 문화예술적 실험 - 플랜비문화예술협동조합

수영구에서, 아니 부산에서 문화기획을 다룰 때 이 단체를 빼놓을 수 있을까? 2014년 남천역 인근에서 시작해 지금은 금련산역 근방에 자리 잡은 수영구 살이 9년 차 플랜비문화예술협동조합(이하 플랜비)을 소개하고자 한다. 플랜비의 탄생은 시기를 더 거슬러 올라가 '부산 회춘프로젝트(2011)', '무빙트리엔날레(2014)' 등을 계기로, 부산의 문화예술 현장 활동가들과 연구자들의 공동 협업을 통해 설립되었다. 'plan b'는 그

▶| 문화예술 플랜비
|▶ creative plan b

단어가 주는 느낌 그대로 주류적 관점보다 대안적인 발상 그리고 부산(b)의 지역정체성을 기반으로 한 새로운 문화예술적 실험을 한다는 의미가 내포되어 있다. 또한 공동의 소유와 민주적 소통을 위해 협동조합의 형태를 채택했다.

나와 플랜비와의 첫 만남은 2015년 학부생일 당시 문화기획 일을 해보고 싶다 생각하며 들었던 문화인력양성 과정에서였다. 그곳에서 멘토를 만났는데, 당시 플랜비에서 기획·운영하고 있던 '수영성문화마을(2015~2017, 문화체육관광부−문화도시/문화마을 조성사업)'의 축제 일일 스태프 제안을 받았다. 당시 나는 지갑은 가볍지만 시간은 넘쳐났던 대학생이었기에 오케이했는데, 그때 스태프로 참여했던 마을축제는 아직

수영성문화마을

수영성난장

나의 초심이자 하나의 기준으로 그 잔상이 강하게 남아있다. 지역의 역사, 문화적 맥락과 사람들로 구성된 마을 축제 '수영성난장'은 축제라고 했을 때 떠올리는 거대하고 뻔한, 특정한 누군가가 관람객에게 제공하는 콘텐츠라는 인상을 깨주었고, 새로운 실험이자 사람이 깃든 축제라는 생각이 들어 흥미가 돋았다.

　　이후 축제 외 수영동에서 이뤄지는 다른 프로그램에 스태프로 참여했고, 플랜비가 지역을 발굴하고 실체화하는 작업을 지켜보며 '지역을 상상하는 문화기획자는 꽤 멋진 작업이잖아'라고 생각했다. 그렇게 플랜비 주위를 기웃거리다가(?) 좋은 기회로 입성했고, 플랜비는 나의 첫 직장이 되었다. 지금 생각해 보면 구체적인 계획 없이 '이런 게 그냥 해보고 싶어요'라고 했던, 나의 어떤 부분을 보고 제안했을까 궁금하다. 돌이켜보면 약간 부끄럽기도 하지만, 지역의 문화인력을 발

굴하고자 한 플랜비의 의
지가 아니었을까. 덕분에
나는 지금까지도 지역에,
그것도 수영구에 머무르며
문화기획 일을 하고 있다.

플랜비의 대표 콘텐츠
하나만 소개해야 한다면
영도에서 진행된 '깡깡이
예술마을(2016~2018, 부산
시-예술상상마을사업)'을 꼽

깡깡이예술마을 - 퍼블릭아트

겠다. 남포동에서 영도로 들어가는 영도대교 오른편 선박들
이 정박해있는 모습을 볼 수 있는 곳. 타지역사람들에게 부산
사람이라고 하면 우스갯소리로 '부산 사람이면 배를 갖고 있
니?'라는 실없는 농담이 '여기서는 약간 통할 수도 있겠는걸'
이라는 생각이 절로 드는 곳. 녹슨 배의 표면을 벗겨내는 망
치질 소리에 유래해 '깡깡이마을'이라는 별칭으로 불렸던 부
산 영도의 대평동이 바로 그 대상지다. 영도를 자주 오갔다면
한 번쯤은 봤을 법한 '우리 모두의 어머니'가 깡깡이예술마을
로 탄생한 작품이다.

위 그림은 깡깡이예술마을 사업 중 퍼블릭아트 프로젝트
의 일환인데, 이 작품 외에도 어두운 밤 빛이 필요한 장소에
설치된 구름 가로등, 마을의 특성을 살린 아트벤치와 쉼터 등

이 있다. 나에게 깡깡이예술마을은 가까운 관찰자로서 바라본, 두 가지의 인상적인 기억을 가지고 있다. 첫 번째, 사업이 한창 진행 중일 때 타지역 문화 및 도시재생 관계자들이 모인 자리가 있었다. 당시 마을다방동아리 프로그램으로 바리스타 교육을 받은 대평동마을회 총무님(현재 회장님)께서 사업에 대한 소회를 나누어주셨는데 "다른 말보다도, 이 나이에 여러분들에게 커피를 대접할 수 있어서 좋습니다"라고 했던 게 가장 기억에 남는다. 두 번째, 사업이 마무리된 이후의 기억인데, 최근 혼자 깡깡이예술마을을 이리저리 둘러볼 시간이 있었다. 예술작품들의 색이 많이 바래고 녹이 슨 상태였지만 여전히 자리를 지키고 있는 모습과 대평마을다방에서 그때와 같은 모습으로 똑같은 맛의 커피를 내리고 있는 지역주민들을 보며, 지역에서 하는 문화기획이란 무엇인지 그 가치를 오랫동안 되뇌었다. 올해부터 플랜비는 부산 기장의 문동권역에 어촌앵커 조직으로 활동한다고 하니 어떤 과정과 모습을 보여줄지 기대된다.

앞서 소개한 문화기획을 포함해 플랜비는 연구컨설팅, 콘텐츠·교육, 문화공간 조성까지 총 네 가지 분야에서 사업을 진행하고 있다. 특히 연구컨설팅에서 수영구와 <수영구 중장기 문화발전 종합계획 수립연구>를 연구한 바 있고, 올해는 남천동('느그서장 남천동 살재?'의 그 남천동이다)을 대상으로 역사와 산업자원, 주거와 생활문화자원을 발굴하고 거주민의 이야기

깡깡이예술마을 - 퍼블릭아트

플랜비에서 발간한 책들

를 수집하는 <남천동 생활문화조사 연구>를 진행하고 있다. 이외에도 <제2차 경남문화예술교육 종합계획 수립연구>, <부산문학관 건립 타당성 조사 및 기본계획 수립 연구> 등 지역문화정책 및 문화공간을 연구했으며, 『부산 공공예술 탐구-기념조형물에서 커뮤니티아트까지(2021)』, 『도시를 움직이는 상상력-깡깡이예술마을(2023)』을 출간하여 부산에서 추진한 프로젝트를 중심으로 플랜비만의 문화기획 관점을 정리하기도 했다. 그리고 올해부터 문화와 예술을 주제로 누구나 참여할 수 있는 '쌀롱b'를 운영하고 있다. 1회 차는 '기억의 기록화, 구술사의 이해와 활용', 2회 차는 '어린이와 지역을 연결하는 콘텐츠'를 주제로 진행했다. 쌀롱b는 계속 운영할 예정이니, 지역의 다양한 주체들과 교류하고 싶다면 꼭 참석하길 권한다.

나의 첫 직장이자 과거의 구성원으로서, 단체의 이력을 정리하고 소개하는 게 여간 까다로운 일이 아니다. 다만 나름

내용을 정리하고 나니, 지역에서 문화기획의 저력을 꾸준히 보여주고 있는 플랜비를 후배로서 계속 응원하고 싶다. 플랜비 소개 글을 쓰는 데 흔쾌히 응해주고 도움을 주신 송교성 대표님께도 감사하다. 아참, 그리고 플랜비에는 업무 스트레스를 상당 부분 덜어주는, 그냥 존재만으로 아주 귀여운 강아지들이 비정기적으로 상주한다. 종종 그 친구들(단지, 빽돌순, 돌배)이 그리울 때가 있는데, 이 글을 통해 그 친구들에게 안부를 전하고 싶다. 아프지 말고 건강하자!

골목에서 바다로, 바다에서 골목으로 - 수영문화도시센터

문화도시를 아시나요? 이제 제법 많은 도시가 문화도시로 선정되거나 혹은 준비하고 있기에 부차적인 설명은 줄이고 "문화체육관광부의 도시 단위 5개년 문화사업인데, 수영구와 수영문화도시센터는 문화도시에 선정되기 위해 노력 중이랍니다"라는 한 줄 소개를 먼저 건넨다. 처음으로 공모가 시작되던 해에 '저 프로젝트는 꽤나 힘들겠군' 하고 관망하던 사람에서, 어쩌다 보니 그 치열한 현장 속에 제 발로 들어왔다. 그만큼 수영구는 나에겐 매력적이고 무수히 많은 가능성이 있는 도시라는 확신을 줬기 때문이다. 수영구가 어떻길래? 수영구 소개를 빼놓을 수가 없다. 아시는 분도 있겠지만, 전국의 독자들을 위해 가볍게 설명하자면 수영구는 '광안리해수욕장'이 있는 곳이다. 대개 타지역 사람들에게 이렇게 설명하면 '아~ 광안리?'라고 하는데, 수영구는 광안리뿐만 아니라 산(금련산), 강(수영강)도 있고, 지역 곳곳을 이어주는 재미있는 골목들과 골목 속 사람, 이들이 만들어 내는 다양한 라이프스타일이 깃든 도시다. 그리고 수영구는 부산시 면적의 1.3%(총 10.2㎢)이지만 서울보다 높은 인구밀도로, 전국에서 마포구 다음으로 여성 비율이 높은 곳, 1인 가구가 38.4%인 곳, 부산 내 예술활동증명인이 가장 많은 곳, 부산시 평균보다 동네서점이 3배 많은 곳, 비건·제로웨이스트 성지 등 다양하고 흥미로운 지역 지표를 가지고 있는 곳이다. 자, 한숨 돌리도록 하겠다. 어떤 곳인지 직접 경험한다면 자동응답기 같았던 나의 말을 실감할 수 있으리라.

수영문화도시센터 소개 리플렛

수영문화도시센터(이하 센터)는 2020년 10월에 개관하여 법정문화도시 지정을 위해 올해도 열심히 달려가고 있다. 2022년 9월, 3수 끝에 제5차 예비문화도시로 선정되었고, 2023년 예비문화도시 사업을 진행하면서 '예비'를 뗀 '진짜' 문화도시 수영이 되기 위해 수영구 곳곳에서 소동을 일으키고 있다. 함께 일하는 동료도 개관 멤버 2명에서 시작해 올해 7명으로 식구가 늘어났고, 그만큼 하는 사업들도 증식하여(?) 다들 고군분투하면서 2023년을 보내고 있다. 수영문화도시의 비전은 '골목에서 바다로, 누구에게나 문화도시 수영'이다. '골목에서 바다로'는 수영구에 존재하는 다양한 골목과 바다라는 지형적 특성이기도 하다. 수영에서의 '골목'은 지역 공동체와 사람들을 중심으로 한 다양한 라이프스타일이 자생하는 곳이며, '바다'는 라이프스타일, 다양성이 확산되는 곳이라는, 문화도시 개념으로 해석한 공간적 함의가 있다. 수영에 살고 있는 사람들, 관계하고 있는 사람들, 방문하는 사람들 누구나 수영의 문화를 즐기고 또 다른 시민들과 이어질 수 있도록, 센터에서는 '만나고-배우고-일하며-어우러진다'라는 단계적인 전략을 바탕으로 총 12개의 사업을 진행하고 있다. 다시어방부터 수영소동, 10분 문화권, 골목학교, 궁리수영, 똑똑문화도시, 누구나실험실, 노니

수영문화도시센터의 비전과 핵심가치

는유, 수영앨리, 수영라이프스타일축제, 수영시민문화기금, 수영라이프스타일플랫폼까지. 이 글에서 12개 사업을 다 설명할 건 아니고, 다른 사업들을 서운치 않을 만큼 언급했으니 현재 수영문화도시센터의 대표사업 3개를 소개하고자 한다. 혹시 타 사업이 궁금하다면 센터의 홈페이지와 SNS를 참고해달라.

첫 번째 사업은 '수영소동'이다. 올해 3년 차로, 예비도시로 선정되기도 전에 시작한 사업이다. 우리끼리는 '문화도시 준비사업'이라 칭하는데, 지금 생각해 보니 2수 탈락을 한 시기에 어떤 자신감으로 이 사업을 추진했을까 당시의 자신감과 선구안이 놀랍다. 그 노력 끝에 현재는 시민들이 낮은 문턱으로 수영문화도시를 편하게 만나는 사업으로, 엄청난 수의 시민이 참여하며 수영문화도시의 간판사업으로 자리매김하고 있다. 시민들의 다양한 문화적 모임과 활동을 응원한다

수영소동

수영소동

는 목적으로 운영되는 수영소동은 '응원'에 방점이 맞춰져 있
다. 수영구민 혹은 수영구 생활인구 3인 이상으로 구성되면
누구나 지원할 수 있고 선정 후 모임활동비를 지원한다. 그것
도 무정산으로. 무정산이라는 말을 들으면 사업설계자는 필
히 지원사업에 학을 뗀 사람일 것이다. 그리고 신뢰의 관점
에서 정산이라는 시스템이 시민과 센터의 장애물이라는 것
을 인지한 사람이기도 할 것이다. 정산은 최소한의 기준인 모

임 활동에 대해 그 과정을 온라인 기록으로 공유하는 것으로 대체된다. 그렇게 지역에서 모임/커뮤니티들이 지속될 수 있길 응원한다.

2021년 시즌1에는 12개 모임 20명이 활동했고, 2022년 시즌2에는 30개 모임 199명, 2023년 시즌3에는 40개 모임, 약 267명의 시민이 함께하고 있다. 모임 키워드만 해도 #육아공동체 #청소년교육연구 #초보아빠 #제로웨이스트 #지구시민교육 #생태환경 #야간러닝 #집사 #식집사 #1인가구 #배리어프리 #수어통역 등 정말 다양하다. 그중 몇 개만 꼽아 소개하자면 우선 수영소동에 3년째 참여 중인 '광안리 바다지킴이'를 이야기하고 싶다. 이 모임은 명실상부 이제 수영소동보다 더 유명할 것이다. 이 모임은 여섯 가족의 열린공동체로 구성되어 있는데, 태풍이 지나간 이후 광안리 바다에 흩뿌려진 쓰레기를 주워 재활용한다. 즉 지속 가능한 생태 해양교육을 가족 모두 함께하는 것이다. 또한 수영구 재개발지역을 드로잉으로 그려내는 '그리다', 형광 아이템을 착용하고 달리며 어두운 수영구 밤길을 밝히는 야간러닝모임 '빌런(구 수영반딧불세이프러닝)', 올해 처음 연결된, 옥상텃밭과 도시농업을 공부하는 '초록나비옥상텃밭공동체' 등이 있다. 모임 활동 기록과 사진을 보면 나도 덩달아 설레는데, 이들은 수영에서의 새로운 모임을 상상하게 해주었다.

두 번째 소개할 센터 사업은 '수영라이프스타일 축제'다.

올해 축제는 이 원고를 적기 바로 이틀 전에 진행됐다. 현장의 벅차오름이 아직 덜 빠져서 소개하는 건 아니다. 센터의 특성화 사업이기도 한 축제는 작년과 올해 2년째 진행 중인데 해마다 완전히 다른 형태로 운영되고 있다. 작년에는 '수영체크인'이라는 이름으로 진행되었는데, 수영의 골목골목에 산재하는 라이프스타일을 '체크인'이라는 관점으로 시민들과 만날 수 있도록 했다. 재미있는 키워드를 가진 공간에서는 더 재미있는 실험을 했고, 아예 생뚱맞은 곳에서 생뚱맞은 콘텐츠를 채우는 실험도 했다(공공기관 회의실 같은 공간에서 요가라니). 축제라고 했을 때 어떤 특정한 공간에 콘텐츠를 집약해서 터트리는 형식이 아니라 수영구 전역을 대상으로 골목이

수영라이프스타일 축제 - 수영체크인(2022)

수영라이프스타일 축제 – 수영체크인(2022)

들썩거리는 형태로 운영하고자 했다. 2023년 올해는 반대로 골목에서 바다로 나갔다. 16년 차를 맞은 '차 없는 문화의 거리'를 시민기획단이 4개월 동안 샅샅이 분석하며, 우리가 시도해 볼 수 있는 재미난 거리를 찾아다녔다. 그 결과물이 지난 8월 5일과 6일에 진행된 '차 없는 문화도시의 거리-모기장 밖은 광안리'다. 광안리해수욕장 백사장과 거리에 깔린 150개의 모기장, 폐지들을 활용한 홍보물과 체험 프로그램 등을 준비했는데, 친환경적인 축제를 시도하고자 했다. 동료는 바닥에 널브러져 폐박스에 그림을 그렸는데, 그 모습을 보며 이건 무조건 성공할 수밖에 없겠다 자신했다. 모기장이 깔린 해수욕장의 풍경은 시민분들에게 일상의 바다를 돌려주는 경험이기도 했다. "광안리는 뭔가 맨날 새롭다"라는 참여자의 반응은, 센터에서 했던 수많은 고민이 고스란히 시민들에게 전달되었다는 느낌을 주며 행사 운영으로 지친 나의 몸에 엔돌핀을 돌게 했다.

수영라이프스타일 축제 - 모기장 밖은 광안리(2023)

마지막으로 소개하고 싶은 센터 사업은 '수영라이프스타일플랫폼'이다. 플랫폼 사업 안에서도 다양한 사업이 진행 중이지만 그중 오늘 소개하고 싶은 건 웹진 <수영의 방>이다. 사업 관련 홍보물은 이미 다양하게 나오고 있는데, 특히 수영구는 관광지인 만큼 수영의 유명한 장소들은 이미 잘 정리되어 있다. 우리는 사업적 관점으로 지역의 이야기를 풀기보다 일상적인 관점에서 풀어볼 수 없을까 의문을 가졌다. 센터에서는 사업 성과물보다 골목의 사람들에게 집중하면서 타지 사람 혹은 수영을 잘 모르는 수영 사람들에게 수영의 다양한 라이프스타일을 감성적으로 소개해 보고자 했다. 그래서 우리는 아카이빙을 담당하며 새로운 콘텐츠를 생산하는 팀과 함께 수영의 골목을 거닐며 거리를 소리로, 영상으로, 모양으로 기록해 나갔다. 특히 오전, 오후, 밤과 같이 시간대를 나누어 삶의 다양성을 담아보고자 했다. 이제 첫발을 뗀 <수영의 방>은 수영문화도시센터 홈페이지에서 만나볼 수

수영라이프스타일플랫폼 - 웹진 <수영의 방>

있다. 수영구에서 유영하며 살아가고 있는 다양한 '수영이'들을 만나보길.

이렇게 수영문화도시를 향해 모두 한마음으로 달려가고 있다. 10월쯤 우리의 노력이 결실을 볼 수 있을지, 많은 응원을 보내주셨으면 좋겠다.

문화기획이라는 단어를 정의하는 과정이 길었던 탓

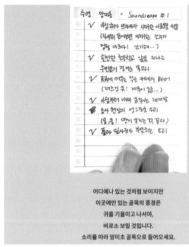

어디에나 있는 것처럼 보이지만
이곳에만 있는 골목의 풍경은
귀를 기울이고 나서야,
비로소 보일 것입니다.
소리를 따라 망미초 골목으로 들어오세요.

수영라이프스타일플랫폼 - 웹진 <수영의 방>

은 결과물이 바로 눈앞에 보이지 않거나 문화기획 자체가 가치지향적인 이유가 클 것이다. 하지만 문화기획이라는 활동을 통해, 지역에서 잔잔한 파동이 만들어지고 있음을 굳게 믿고 있다. 파동을 만들어 내는 기획자들과 함께하기 위해 나 또한 정진이 필요할 것이다. 역시 문화기획은, 즐겁다!

플랜비문화예술협동조합

◉ 부산 수영구 황령산로15번길 31

◎ 051-622-6200

⊕ http://planbcoop.com

✉ coop.planb@gmail.com

◎ @creativeplanb_official

- -

수영문화도시센터

◉ 부산 수영구 수미로35번길 40 3층

◎ 051-610-4983~4984

　051-610-6044~6046

⊕ http://www.suyeongcc.org

✉ sycityc@gmail.com

◎ @sycityc

수영에서 출판하기

비온후

글이

호밀밭

정진리 베리테 출판사 대표

2020년 출판사를 시작했다. 동아대 등에서 문학 강의로 밥벌이를 하고 있으며, 부산출판문화산업협회 사무국장을 역임하고 있다.

옥타비오 파스는 『활과 리라』에서 다음과 같이 쓴다. "이해하는 것은 분류하는 것이 아니다." 종종 우리는 세상이 분류해 놓은 지식을 받아들이며 무언가를 이해하게 됐다고 착각하고는 한다. 그러나 키우는 강아지를 종이나 무게, 부피로만 이해하는 반려인은 없을 것이다. 분류는 이해가 아니다. 이해는 직관의 영역이다. 우리는 고유한 지각으로 사물과 관념을 분간하고 자기만의 인식을 키운다. 반면 분류는 사물의 고유성을 지우고 잡다함으로 둔갑시킨다. 파스는 덧붙인다. "바위 1킬로그램과 깃털 1킬로그램은 다르다." 바위와 깃털은 본질이 다르나 무게 단위 등 특정 기준에서는 단일해질 수 있다. 돌이켜보면, 행정 언어도 그런 식이 아니었는지. 저마다의 정체성을 지역, 문화, 청년과 같은 기준으로 분류해 버리고 마는.

여기 수영구에 출판사가 있다. 비온후, 글이, 호밀밭이다. 세 곳 모두 수영구에 있지만 '수영구 출판사'는 충분하지 않은 설명이다. 보다 내밀하게 이해하고자 이들을 직접 찾아나서 본다.

이곳에서 사람들과 함께하는, 비온후

한 번 들으면 잊기 어려운 이름, '비온후'는 사실 Be, On, Who의 조합이다. 원래는 비온후 김철진 대표가 쓰던 메일

주소였는데 출판사 이름으로 확장됐다. '하다(있다)', '위(함께)', '사람'을 조합하면 '이곳에서 사람들과 함께하는'이라는 의미가 된다. 굳이 그렇게 해석하지 않더라도 비온후는 그 발음만으로도 우리를 포근하게 만드는 명칭이다.

비온후는 이인미, 김철진 부부가 공동으로 대표를 맡고 있다. 건축가 8인이 함께한 전시회 내용을 책으로 엮을 기회가 생겨, 아예 출판 등록을 했다고 한다. 그때가 2000년이라고 하니 벌써 20년이 넘는 시간을 관통해 온 출판사다.

건물에 들어서니 눈길을 끄는 책이 가득하다. 가장 먼저 보이는 책장에는 비온후가 출간한 도서들이 쭉 꽂혀있다. 비온후의 역사를 한눈에 볼 수 있어 신뢰가 간달까. 최근으로 올수록 건축 분야뿐 아니라 다양한 스펙트럼 영역으로 확장하고 있음이 보인다. 이를테면 대안학교인 부산참빛학교를 다니는 아이들의 사계를 기록한 『아이들은 나무처럼 자란다』도

비온후 외부

비온후가 펴낸 책이다.

비온후는 책방도 겸한다. 최근 수영구에 방문한 베르나르 베르베르의 책을 이참에 진열해 놓았는데, 아직 그 덕을 못 봤다는 김철진 대표의 너스레에는 겸양과 여유가 묻어난다. 다른 책장을 둘러보니 친숙한 이름이 반긴다. 장 뤽 고다르, 존 버거, 버지니아 울프 등, 책방의 큐레이팅을 신뢰하기에 충분한 이름들이다.

입구에서 가까운 쇼윈도 공간에는 독특한 그림이 다수 걸

려있는데, 전시 용도로 5년째 활용하고 있다고 한다. 이전에 비온후가 함께한 '대안공간 반디', 지금도 이어지고 있는 느슨한 예술문화모임 '보따리' 등에서 인연이 닿은 작가들을 이곳에 다시 호출하며 매달 한 번씩 전시한다고. 넓다고 할 수 없는 공간이지만 아주 톡톡히 활용하고 있는 풍경이다.

비온후를 소개해달라는 인터뷰에 두 사람은 끝없이 이웃을, 동네 사람들을 언급한다. 마치 비온후의 정체성도 이웃들 사이에 있는 것처럼. 예컨대 이런 식이다. 비온후 건물은 '수영구 망미번영로63번길 16'에 서 있다. 인근에는 '홍순덕전포양곱창'이 문을 열어 장사 준비를 하고, 또 그 옆은 '고래커피' 사장님이 커피를 내리고 있다. 처음 망미동으로 이사 올 때 식당이 근처에 있어 분위기가 안 맞는 건 아닐지 살짝 걱정했다지만, 이제는 곱창집 사장님과 같이 독서 커뮤니티를 하는 사이란다. 또 건물을 뜯어고칠 무렵, 땀을 뻘뻘 흘리며 문짝을 다는 두 사람의 모습이 안쓰러워 보였는지 고래커피 사장님이 아이스 아메리카노를 갖다주셨다고. 그렇게 안면을 터서 이제는 자주 왕래하는 사이라고 한다. 여기 사장님과도 갖가지 모임을 함께한다고 하니 말 다 했다.

비온후는 다양한 커뮤니티 파티를 기획하거나 참여한다. '망미골목 책방영화제'도 비온후가 주도했다. 당시 비온후의 책장은 바퀴가 달려있어, 책장을 싹 다 치우고 그 공간에 스크린을 내려 영화를 상영했다고 한다. 소문을 듣고 모여든 동네 사람들, 또 동네에 막 이사와 아직은 이방인이라 할 만한 젊은 1인 대표들과 맥주 한잔하며 영화로 다 같이 친해졌다. 마지막 날은 무려 40명이 모였다고. 술이 떨어지면 젊은 사장들이 자기네 가게에서 술을 들고 다시 왔다.

비온후는 골목에 관심이 많다. 이제는 엄연한 행정명인 '망미골목'도 비온후에서 시작됐다. '망미단길'은 식상하니 다른 이름으로 만들어 보자며 젊은 이웃들과 여기저기 해시태그를 단 것이 시초다. 두 대표는 이런 소소한 에피소드를 이야기하며, 여러 사람이 모이기만 해도 세상이 바뀐다는 점을 체감했다고 한다.

인터뷰를 진행하면 할수록 테이블에는 비온후가 기록으로 남긴 결과물이 수북이 쌓인다. 그중 가장 인상 깊은 건 망

망미골목 지도

책 속 구절을 따라
망미골목을
거닐어 보세요

망미골목 지도

미골목 소식지다. 격월로 발간되는 소식지는 망미골목의 지
도와 함께 재밌고 풍성한 망미의 소식을 싣고 있다. 표지는 이
웃의 손이나 그들이 쓰던 컵을 한데 모아놓았는데, 무척 개성
적인 데다 그 자체로 깊은 의미를 지닌다. 가운데를 장식하는
애너그램도 독보적인데, '망미'의 'ㅇ'에 '미'를 교묘하게 돌려
겹쳐 '마음'처럼도 보일 수 있게 만든 이 근사한 아이디어 또
한 김철진 대표의 머릿속에서 나온 것이다.

　이문구의 산문집 제목 『나는 남에게 누구인가』를 차용해,
'비온후는 이웃에게 무엇인가'라고 해도 좋을 만큼 이곳 비온
후는 다양한 문화 영토에서 이웃과 함께 해왔다. 앞으로 무엇
을 하고 싶냐고 물으니, 두 대표는 지금처럼만 하고 싶다고
답한다. 정말 충분한 답변이 아닌가. 꿈꾸고 실현시켜온 지

난 세월을 거느리고 있으니 말이다. 서로가 없었다면 마냥 즐겁지만은 않았을 거라며 덧붙이는 둘의 모습은 자연처럼 아름답다.

글을 사랑하는 동료를 모아, 글이

글이출판의 '이'는 조사가 되기도 하고 대명사가 되기도 한다. '글이 좋고, 글이 예쁘고, 글이 고프다'는 맥락에서는 조사이지만 글쓴이의 준말로 쓸 때는 '이 사람'을 뜻하는 인칭대명사가 된다. 두 가지 의미를 담아 지은 예쁜 이름이다. 첨언하자면, '글이'는 대표가 기르는 고양이 이름이기도 하다. 발음만 듣고 '그리'로 착각하는 경우가 드물게 있다고 하니 이번 글이 못 박는 기회가 되었으면 한다.

글이출판은 독립출판으로 2020년에 태어났다. 작가이기

『일인분의 삶』(이슬기)

도 한 이슬기 대표는 처음 책을 출판할 때 편집 과정에서 소통이 원활하지 않다고 느꼈다고 한다. 저자가 생각하는 바와 편집의 방향성이 일치하지 않았다는 것이다. 이런 경우 보통은 푸념으로 그칠 테지만 이슬기 대표는 직접 출판사를 차리기로 결심했다. 당시 출판에 관심이 있던 참

이었다고는 하나 사업자등록은 분명 용기 없이 내리기 힘든 결단이다. 토니 모리슨은 "당신이 읽고 싶은 책이 있는데 아직 쓰인 게 없다면 직접 써야 한다"라고 했는데, 이와 마찬가지로 스스로에게 새긴 주문이자 각오가 글이출판의 시작이라 할 수 있다. 3년 만에 10종의 책을 냈으니 그 각오가 제대로 통한 셈이다.

이슬기 대표는 세상의 거대한 담론이나 철학적 지식과는 스스로 거리가 있다고 단호하게 판단 내린 작가다. 한편으론 누구나 자기 마음의 기준을 가지고 있다면 좋은 책을 낼 수 있다고 믿는 사람이기도 하다. 글이출판의 첫 책 『그래봤자 꼴랑 어른』도 그런 마음에서 기획됐다. 함께 글쓰기 모임을 하던 분의 에세이를 엮어 출간한 것이다. 당시에는 자본이 많지 않았지만 크라우드 펀딩인 텀블벅을 활용해 부족한 돈을 채웠다. 첫 책이라 텀블벅 주소도 'greebooks_1st'이다. 텀블벅 특성상 책으로 목표를 달성하기가 쉽지 않지만 후원자 157명이 나서준 덕분에 목표액 200%를 가뿐히 달성했다. 글이 고프기만 하다면 누구나 글 쓰는 사람이 될 수 있다는 마음을 사람들이 알아준 것이다.

첫 책 이후로 많은 원고를 살펴볼 기회가 열렸다. 때로는 소설을(『하지만, 그렇다 해도, 말하자면 도저히』), 시(『낙락한 생』)를, 여행 미셀러니(『호모 루덴스의 하루』)를 들여다보고 각각 또 책으로 엮었다. 이곳 수영구에서 존재하고 있는 것만으로도

글이출판 북토크

지역의 작가들이 화답해 주었다. 그들과 연이 닿아 의견을 주고받으며, 우리가 글 안에서 서로 결이 같을 수 있음을 이슬기 대표는 새삼 느낄 수 있었다고 한다.

글이출판이 10종의 책을 내기까지 운이 좋은 편이었다고 이슬기 대표는 회고한다. 하지만 글이출판이 특유의 진솔하고 소소한 방식을 고수하지 않았더라면 찾아오지 않았을 운이기도 하다. 또 1인 출판사로서 부족함보다는 자유로움을 느낀다는 마음가짐도 글이출판을 단단하게 만드는 데 큰 역할을 했으리라. 20대 후반에 퇴사한 이후 이슬기 대표는 취업에 목매는 대신 다른 방향의 삶을 추구하기로 결심했다. 그렇게 차린 1인 출판사는 혼자서 모든 일을 다 해야 하고 책임도 홀로 져야 하지만 '혼자서 결정할 수 있다'는 자유 또한 누릴 수 있다는 것이다.

한편 이슬기 대표는 일하는 공간, 주거하는 공간, 노는 공간이 한데 있는 이곳 수영구를 좋아한다. 하여 수영구에서 진행되는 많은 문화 프로그램에 참여하고 또 직접 기획하고 있다. 앞에서 언급한 글쓰기 모임 외에도 수영구의 책방인 '동주책방'에서 일일 책방지기를 맡는가 하면, '도도수영 8A'에서 북토크를 열기도 했다. 수영문화도시센터에서 주관하는 청년 커뮤니티 모임도 다방면으로 참여한다. 이 경험들이 또 훗날 어떤 책으로 엮일지 모른다. 이슬기 대표는 1인 출판사 대표이면서도 본인 자체가 하나의 독보적인 콘텐츠라고 할 수 있다.

최근에는 운동에 관한 에세이를 준비 중이라고 한다. 그런데 그 이야기의 시작이 책일 필요는 없을 것 같다고 이슬기 대표는 덧붙인다. 영상이든 오디오 콘텐츠든 여러 갈래로 소통해 보고 최종적으로 종이책으로 내보는 것도 나쁘지 않겠다고 한다.

글이출판에서 출간된 책들

글이출판에서 출간된 책들

앞으로는 어떤 역할을 하고 싶냐는 형식적인 질문에, 이슬기 대표는 잠깐 생각에 잠기더니 답했다. "글을 사랑하는 동료들을 모아, 제가 조금 앞에서 끌어줄 수 있었으면 해요. 그래서 글쓰기 모임도 하고 있고요. 내 글을 읽어주는 사람이 있다는 건 참 소중하거든요. 누가 안 읽어주면 되게 힘들잖아요. 모임을 하면 적어도 한 명은 서로의 글을 읽어요. 그게 참 좋은 순간이 아닌가 해요."

세상 모든 것에 감탄하는 지혜로운 사람들의 공간, 호밀밭

J.D.샐린저의 유명한 소설 『호밀밭의 파수꾼』에서 호밀밭은 '누구나 마음껏 뛰어놀 수 있는 공간'을 가리킨다. 호밀밭 출판사 또한 소외되고 낮은 곳에 있는 이들의 희미한 목소리, 새로운 시각을 담고 있는 개성 있는 목소리, 부조리한 통념에 일갈하며 우리를 각성케 하는 목소리, 묵묵히 오래도록 갈고

닦은 생각이 담긴 깊은 목소리 등 다양한 목소리에 자리를 내주려는 마음으로 지은 이름이다.

사실 호밀은 우리나라에서 흔히 볼 수 있는 작물이 아니다. 주로 동유럽 등지에서 볼 수 있는 호밀은 주로 기후가 거친 곳에 심는다. 날이 덥든 춥든 잘 자랄 뿐 아니라, 계속된 경작으로 토양에 축적된 염류를 제거하는 데도 탁월하기 때문이다. 땅의 지력이 다하면 호밀 같은 거친 작물을 심는데, 그렇게 지력을 회복한 뒤에야 땅에 여린 작물을 심을 수 있다고 한다. 호밀밭 출판사 또한 그러한 '호밀'의 의미에 천착해, 미력이나마 여러 문화적 시도를 통해 지역과 사회가 더 건강히 회복하기를 바라며 책을 만들고 있다.

호밀밭의 장현정 대표는 수영구 토박이라 할 만한 인물이다. 아홉 살 때 광안리 해변에서 처음 바다를 본 이후, 음악 활동으로 5년 정도 부산을 떠났을 때를 제외하면 계속 이곳에서

호밀밭 초창기 신간 보도

호밀밭 북토크

살았다. 그에게는 유년 시절과 청소년 시절의 추억이 많은 곳
이 여기 수영구다. 광안리와 남천동은 그때만 해도 접하기 힘
든 외국 문화를 전국에서 가장 빨리 만나볼 수 있는 곳이었다.
남천동의 패션이 북상해 압구정으로 갔고, 노래방이라는 문
화도 수영구에서 처음 생겼다. 장현정 대표가 소싯적 몸담은
밴드 생활 또한 이곳 수영구에서 시작했다. 그는 밀란 쿤데라
의 "자신이 살던 곳을 떠나야 하는 사람은 모두 불행한 사람
이다"라는 문장을 인용하며 다양한 문화와 더불어 산과 바다,

강을 끼고 있는 이곳에서 쭉 살고 있다는 사실만으로, 자신은 운이 좋은 편이라고 이야기한다.

사실 수영구는 출판 분야에서 주도적인 지역은 아니다. 그럼에도 호밀밭은 수영구에서 단단히 터를 잡아 2008년 이후 15년 동안 250여 종의 책을 펴냈다. 인쇄소를 비롯한 출판 인프라가 조금 부족하더라도, 수영구의 고유한 문화와 분위기를 간과할 수 없기 때문이다. 이곳 수영구는 예술적이고 뛰어난 재능을 지닌 청년들의 움직임이 많아 새로운 문화를 지향하는 열기가 들끓는 곳이다. 그래서 작은 가게나 지역/독립서

호밀밭 커뮤니티 운영

점도 다른 지역보다 많은 편이다. 이처럼 지역 특유의 감수성과 아이디어가 출판에 많은 도움이 된다는 것이 장현정 대표의 설명이다. 서울과 떨어져 있다는 특성도 주류의 유행이나 매너리즘에 휩쓸리지 않고 각자만의 느낌과 색깔을 시도해 볼 수 있다는 점에서 매력이 된다.

장현정 대표의 수영구 사랑은 말로 그치지 않는다. 무엇보다 그는 지역문화지 <안녕 광안리>의 편집장을 7년간 맡아 광안리 곳곳을 돌아다니기도 했다. 취재라는 명목으로 새로 생긴 술집, 식당, 문화공간을 두루누비며 지인과 행복한 시간을 가졌다. 첫 밴드 연습실도 광안리였고, 많은 공연을 광안리에서 벌였다. 그라피티나 DJ 파티 등 여러 페스티벌에도 참여했다. 너무 깊이 사랑한 나머지 그가 직접 지었다는 호(號)도 '안리(安里)'다.

언젠가 그는 광안리 해변에 간이서점을 운영해 보고 싶다고 한다. 올해 열리는 '2023 부산수영구한국지역도서전'을 시작으로 수영구의 해변도서전을 이어가 보고 싶기도 하고, 장기적으로는 골목 사이사이 건물을 활용해 인문과 예술을 중심으로 한 학교도 만들어 보고 싶다고 한다. 미래를 내다보는 무궁무진한 상상력이 그의 머릿속을 한참이나 휘감은 뒤에야, 아차 싶었는지 장현정 대표가 덧붙인다. "하지만 무엇보다 지역의 좋은 저자들을 만나 좋은 책을 펴낼 수 있도록, 호밀밭을 잘 운영하는 것이 가장 중요한 계획이겠죠."

비온후

📍 부산 수영구 망미번영로63번길 16

💬 051-645-4115

✉ beonwhobook@naver.com

🏠 https://blog.naver.com/beonwhobook

📷 @beonwhobookshop

글이

✉ greebooks@kakao.com

📷 @greebooks

호밀밭

📍 부산 수영구 연수로 357번길 17-8

💬 051-751-8001

🌐 http://homilbooks.com

✉ homilbooks@naver.com

📷 @homilbooks

미디토리협동조합

스토리머지

박지선 미디토리협동조합 미디어활동가

부산 지역을 기반으로 활동하는 미디어노동자 협동조합이자 사회적기업인 '미디토리협동조합'의 공동 창업자. 지역, 여성 인권, 노동, 문화예술, 아카이브 등 여러 카테고리가 교차하는 지점에서, 다양한 매체를 활용해 공공미디어 작업을 하고 있다.

당신의 이야기로 더 좋은 세상을 꿈꿀 수 있도록,

미디토리협동조합

2010년 부산진구에서 출발했던 미디토리협동조합(이하 미디토리)은 2013년 수영구 광안리로 사무실을 옮겼다. 바다를 옆에 끼고 일하는 감성에 한껏 취해볼 생각이었지만, 그건 그야말로 '바라던 바다' 풍경이었을 뿐, 현실에서는 마감에 쫓겨 파도 한 조각 보지 못하고 출퇴근을 반복했던 날들이 허다했다. 그래서일까? 10년 가까이 출근하는 이곳이 아직도 낯설게 느껴질 때가 있다. 계절마다 다르게 훅 치고 들어오는 바다 냄새와 습도, 관광지를 찾는 사람들이 끌고 다니는 캐리어의 향연, 철마다 옷을 바꿔 입는 해변 상가들의 공사 소리, 매일 다른 색으로 노을 지는 광안리 하늘빛이 특히 그렇다. 모니터에서 잠시 눈을 돌려 해변 산책을 할 때 우리의 콘텐츠도 광안리의 하늘빛을 닮았으면 좋겠다고 생각한 적이 있다. 미디토리의 활동이 누군가에게는 푸른색으로 누군가에게는 파란색으로 보일 것이다. 이 글을 읽고 난 독자들은 어떤 색을 떠올릴지 궁금하다.

여기서, 계속, 하고 싶다

미디토리는 지역에서 독립영화, 미디어 교육, 퍼블릭액세스 활동을 하던 20~30대 활동가들이 지속 가능한 미디어 생태계의 필요성에 공감하며 출발했다. 2010년 당시 다큐멘터리 감독, 미디어 활동가였던 청년들이 자원 활동으로 부산시민들의 퍼블릭액세스 채널을 지원하고 있었다. 이들은 서울 경기에 있는 프로덕션에 취업하지 않고 지역에서 미디어 활동을 이어가고 싶었다. 고민하던 찰나에 부산형 예비사회적기업 공모사업으로 시동을 걸었고 일자리 지원금, 예비사회적기업 등으로 운영 자금을 지원받으면서 조직의 비전과 미션, 비즈니스 모델을 단계적으로 만들어 갔다. 세상에 둘도 없는 미디토리의 특성을 가장 잘 발현할 수 있는 옷(조직 형태)은 무엇인가에 대해 1년 가까이 토론하면서 마침내 선택한 것이 바로 '(노동자/지원) 협동조합'이었다. 2013년 협동조합으로 법인을 설립하고, 사회적경제와 사회적기업으로서의 정체성에 대해 조합원들과 함께 학습해 나갔고, 그렇게 함께 만든 비전은 '이웃과 공동체가 꿈꾸는 더 나은 세상을 함께 만들어 가기 위해 공존의 가치가 담긴 콘텐츠를 생산하는 것'이다.

다큐멘터리 촬영 현장

미디토리의 주요 사업은 영상제작과 커뮤니티 미디어 서비스로, 크게 두 가지로 나뉜다. 특히 매출을 발생시키는 영상제작 사업은 홍보영상, 아카이브 콘텐츠 제작 위주다. 또한 커뮤니티 미디어 영역에서는 지역사회/공동체와 함께 사회공헌 활동을 다양한 형식으로 펼쳐내고 있다.

미디토리는 다큐멘터리, 자사 유튜브 등 자체기획 콘텐츠 제작을 비롯해 지역 시민들의 제작활동을 지원하는 '시민미디어 제작지원', '미디어 교육', 비영리공익활동가들을 위한 '부산비영리미디어컨퍼런스 체인지온@미디토리' 등 매년 미디어를 매개로 다양한 시민사회 의제를 알리는 활동 및 활동가들을 연결하는 장을 만들어 가고 있다.

문화다양성 감수성을 기반으로
공공미디어 콘텐츠를 제작하다

미디토리는 대시민 홍보영상을 제작하는 공공기관이 고려해야 할 문화다양성 감수성에 리스크가 가지 않도록, 기획부터 제작 과정 전반에 이러한 요소들을 주요한 가이드로 삼고 콘텐츠를 제작하고 있다. 문화자원/인적자원에 대한 묘사와 표현에 따라 사업의 기획의도, 사업목적은 왜곡될 수도 있

문화다양성 웹드라마 촬영 현장

고, 왜곡되지 않고 그대로 전달될 수도 있다. 미디토리는 이 지점에서 고민을 많이 하며, 덕분에 도시재생이나 문화재생 사업 현장에서 좋은 평가를 받고 있다.

'로컬'보다 '로컬리티'에 집중하다

도시재생이나 문화재생의 성과를 보여주는 영상 중에는 클라이언트의 요구사항을 단순하게 반영하여 물리적 혹은 외형적 변화를 보여주는 데 그치거나, 과장된 연출이나 편집으로 보여주는 경우가 더러 있다(대표적인 것이 단순 비포-애프터 형식). 미디토리는 변화를 극명하게 보여주기보다는(실제로 그런 변화는 없다) 해당 지역의 문화와 역사, 사람을 어떻게 기억하고, 향후 어떻게 활용할 것인가에 대한 흐름과 맥락 안에서 지역 정체성(로컬리티)이 드러나는 찰나를 성실하게 관찰하고 기록하는 태도를 중요하게 생각하고 있다. 미디토리는 지역의 공공기관들, 문화예술단체들과 이러한 지향점을 공유하며 협력하고 있다.

미디토리는 수익사업과 별개로 다큐멘터리 작품 활동을 이어가고 있으며, 도시의 장소/공간/사람을 기록하는 다큐적 시선을 활용해 도시재생이나 문화재생 사업을 기록하고 있다. 특히 도시재생 기록사업에 등장하는 주민들을 인터뷰할 때 신경 쓰는 부분은, 주민들의 발언이 사업의 구색 갖추기 혹은 대상화되지 않도록 하는 것이다. 주민의 얼굴과 표정, 일

다큐픽션 <천막을 찾아오는 사람들> 촬영 현장

상의 반복된 행동이 곧 마을의 역사를 보여줄 때가 많다. 뿐만 아니라 생태자원, 인적자원, 특정 공간/장소 등이 지니고 있는 서사를 잘 표현해야 할 때는 억지스러운 연출보다 다큐멘터리에서 자주 쓰이는 표현기법으로 연출함으로써 도시/도시인의 재생과 회복의 과정을 진정성 있게 보여주고자 노력하고 있다.

예를 들어 개금3동 철길마을에서 진행했던 <기찻길 옆 우리 마을> 사진 미디어 교육 & 야외전시회에서 가장 보람 있었던 주민들의 평가는 '우리 지역도 곧 재개발한다고 해서 분위기가 어수선했는데, 사진 전시회를 보는 아이들(손주손녀들)이 마을을 다르게 보며, 마을을 소중한 곳으로 생각하는 것 같다'였다. 당사자 미디어 활동을 매개로 제3자의 시선이 아닌 당사자의 시선으로 마을을 다르게 바라보며, 다른 세대 간에 연결되고 공감할 수 있는 계기가 될 수 있었던 기록 작업이었다.

<동구주민 생애사 구술기록 교육 & 구술기록집 제작> 사례는 미디어 교육을 받은 주민들이 상호 간의 인터뷰를 통해 각자가 품고 있던 역사를 기록하는 활동이었다. 개인의 역사에서 출발했지만, 지역

'부산미래유산' 촬영 현장

공동체가 함께 기억해야 할 자원이 무엇인지를 당사자들 스스로가 발굴-채록-수집-발간하는 과정이었다는 점에서, 공동체 기록 문화의 힘과 가능성을 경험할 수 있었다. 이 사업은 추후 동구민간협의회와 동구청의 적극적인 지원으로 구술기록집 출간 발표회까지 이어지며 더 많은 주민에게 확산될 수 있었다.

부산의 오늘을 발견하는 시민미디어 지원활동

부산MBC와 퍼블릭액세스운영위원회, 제작지원팀이 함께 만드는 '라디오 시민세상'(since 2005)은 부산 지역 지상파 방송 중에서도 몇 안 되는 장수 프로그램이자 청취자 참여 프로그램이다. 부산 시민이 라디오물을 직접 제작할 수 있도록 지원하는 활동은 미디토리 창사 이래 전 구성원이 실천하고

있다. 부산 곳곳의 다양한 의제와 사람들을 만나고 취재하는 '라디오 시민세상' 제작지원팀 활동은 미디토리만의 지역스토리텔링 역량을 강화하고 지역주민을 대할 때의 태도를 단련하는 미디어 활동 현장이자 채널이며, 우리가 지역사회에 미디어로 기여할 수 있는 사회공헌활동의 장이기도 하다. 무엇보다 우리가 사는 도시 곳곳에서 일어나는 소식을 시민들에게 직접 듣는 일은 생각보다 재미있고, 모르면 손해 보는 소식도 의외로 많다는 것이 이 활동이 가진 매력이다.

지역사회와 더 촘촘히 연결되기

미디토리는 '협동, 성장, 행복'이라는 조직의 핵심가치에 맞게 민주적이고 평등한 협동조합을 만들어 가는 것이 주된 목표이다. 조합원 개개인은 도시와 시대의 변화를 진정성 있게 기록하는 미디어 활동가이자 건강한 창작자로서 오늘도

촬영 현장

무럭무럭 자라나는 중이다. 구성원들이 부산을 떠나지 않아도 미디어 작업을 계속할 수 있으려면 안전하고 건강한 일터가 보장되어야 한다. 이는 행복이라는 미디토리의 핵심가치를 지키는 중요한 토대이다. 미디어 일자리 생태계는 결코 미디토리 혼자만의 힘으로 지켜낼 수 없다. 지역사회와 함께 만들어 가야 할 일종의 시스템이자 사회구조, 문화의 영역이기도 하다. 사회적경제, 시민사회, 공익활동 네트워크와 같은 지역 자원과의 연계, 연대활동의 중요성을 날로 실감하고 있다.

열두 살 미디토리는 아직도 배우고 싶은 것이 많다. 2021년부터 자체적인 콘텐츠기획워크숍과 스터디트립 등을 통해 콘텐츠 역량을 차별화하기 위한 노력을 이어가고 있다. 문화다양성 감수성을 더 전문적으로 실천하기 위한 연구도 진행중이다. 지역에서부터 배리어프리 영상콘텐츠 제작을 디폴트값으로 만들어 가기 위한 내부 가이드라인과 견적상담 매뉴얼을 개발하고 있다. 또한 도시의 역사, 생태, 문화 등 로컬리티의 이해를 높이고, 인문학 소양을 일상적으로 강화하기 위

미디토리협동조합 단체사진

해 전문가나 현업 종사자들을 초대하여 세미나를 병행하고 있다. 타지역의 앞선 기록관들을 탐방하고 지역에서 아카이브 콘텐츠 생산과 보존, 기록을 어떻게 해나가야 할지 끊임없이 질문하고 실험하며 새로운 계절을 준비하고 있다.

머물지 않고 생동하다, 스토리머지

익숙해질 즈음 다른 풍경을 선물하는 광안리 바다처럼 이곳에서 만나는 아티스트와 기획자들을 만나다 보면 괜스레 광안리 바이브가 느껴진다. 그중에서도 미디토리와 스토리머지는 닮은 구석이 많다. 둘 다 수영구에서 미디어 콘텐츠 제작을 주로 하고 있고, 그것을 둘러싼 다른 것에도 관심이 많다. 진지한 외모에 다정한 농담을 날리고 싶어 하는 욕망도 닮았다. 무엇보다 우리가 좋아서 하는 일들이 이웃과 지역사회에 도움이 되었으면 하는 바람까지도 비슷해서 그런 취지의 사업에 서로를 초대하기도 한다. 다른 듯 닮은 스토리머지에 관한 이야기를 나눠볼까 한다.

스토리머지는 2013년 6월 20일에 설립되어 현재까지 시각디자인 영역 안에서 다양한 콘텐츠와 커뮤니티 활동을 하고 있다. 전통적인 인쇄 기반

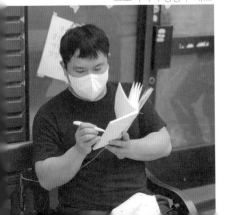

스토리머지 정종우 대표

실시간 송출

그래픽 디자인에서부터, 영상 디자인과 모션그래픽, 디지털 미디어 작업까지 다루고 있어, 콘텐츠의 스펙트럼이 넓은 회사이다. 디자인의 표현 방식과 더불어 콘텐츠의 내용과 메시지를 효과적으로 전달할 수 있는 적합한 솔루션을 찾는 것이 스토리머지의 중요한 목표이자 작업 방식이다.

　스토리머지 정종우 대표는 2014년 디지털북스에서 출간된『디지털 채색의 정석』을 집필했고, 2022년 콜로소에서『단계별로 탄탄히 학습하는 디지털 채색 100강 사전』온라인 강의를 진행했다. 스토리머지 콘텐츠의 강점인 미술/디자인 기초 분야의 콘텐츠 기획 역량을 출판과 온라인 강의 비즈니스로 연계하여 수익모델을 창출하고 있다. 뿐만 아니라 그는 유튜브 채널을 통해 플랫폼 특성에 맞는 콘텐츠를 생산하며 유튜브 크리에이터로도 활동했다. 다양한 경험을 통해 그가 깨달은 '좋은 영상'은 현란한 카메라 무빙과 편집도 중요하지만, '활동'의 기획과 메시지, 시너지 같은 행위에서 결정되는 요소를 포함해야 한다는 것이다. 그런 관점에서 스토리머지는 촬영, 편집과 같은 제작 단계에 머무는 창작보다는 작은 규모로 다양한 문화기획 활동을 병행하며 창작의 바탕이 되는 실험을 꾸준히 해나가고 있다. 최근에는 디자이너들이 놀면서 배울 수 있는 '교육', 이웃이 잠시나마 외로움을 달래고 갈 수 있는 '공간'을 상상하며 작은 실험을 진행하고 있다.

　명확하지 않은 상을 선명하게 만드는 일이 필요한가? 스

유튜브 촬영

토리머지는 디자인의 기본을 지키면서도 콘텐츠의 가치를 효과적으로 전달하는 전문역량으로 당신의 조력자가 될 준비가 되어있다. 대중과 소통하는 콘텐츠가 필요한가? 유쾌하면서도 진지한 문제해결 방법을 일상에서 궁리하며 거침없이 실험하는 스토리머지가 이곳 수영구에 존재하고 있음을 기억했으면 한다.

미디토리협동조합

📍 부산 수영구 광남로 88 태민빌딩 301호

📞 070-4349-0910

✉️ meditory@meditory.net

🏠 http://meditory.net

📷 @meditory_

스토리머지

✉️ mergestory@gmail.com

🏠 https://blog.naver.com/zaqmko

📷 @life_of_jeong

수영에서 연극하기

아이컨택

광대 연극제

예술은 공유다

박용희 아이컨택 대표

부산예술대학교 연극과를 졸업했다. 2015년 프로젝트팀을 결성한 후 2년 뒤 정식으로 공연예술단체 '아이컨택(ICONTACT)'을 창단했다. 학창 시절부터 창작에 깊은 흥미와 관심을 느껴, 현재 극작 및 연출부터 홍보디자인, 무대제작 등 다양한 활동을 병행하고 있다.

나는 '연극을 한 번도 보지 않은 사람들'이 더 많다는 것을 안다. 하지만 '연극을 한 번이라도 본 사람들'이라면 계속해서 무대를 찾을 수밖에 없다는 사실도 알고 있다. 그만큼 연극은 빠르게 소비되는 콘텐츠와는 차별화된 독자적인 매력이 분명히 있기 때문이다. 물론 제대로 된 연극이라는 전제가 붙겠지만 말이다. 그래서일까, 지금 이 순간에도 연극은 끊임없이 무대에 오르고 있다. 그리고 나 역시 그 중심에 서 있는 아티스트로서 사람들이 한 번쯤은 궁금했을 극단에 관한 이야기를 보태어 본다.

공연예술단체 - 아이컨택(ICONTACT)

예술단체는 각자가 추구하는 미래의 방향성이나 구성원들의 성향에 따라 분위기와 색깔이 정말 다르다. 예술가 개개인만 떼어놓고 보더라도 얼마나 개성이 강한 사람들인가. 그런 사람들이 또 한데 뭉쳐 팀을 이루고 있으니, 각 극단과 단체별로 성향은 당연히 차이가 있다.

내가 처음 프로젝트팀을 만들어 활동을 시작했던 건 2015년 여름이었다. 내가 예술대학에 다닐 수 있었던 건 행운이었을까, 아니면 도전적이고 실험적인 것을 지향하는 성격 탓에 자연스러운 결과였을까. 아무튼 연극을 전공했지만, 나의 관심은 다른 전공생들에게 있었다. 당시 나는 기숙사에 오가며 친해진 이들에게 공동으로 창작을 해보자고 제안했다. 소극적인 성격 탓에

보통의 나라면 절대 일어나지 않을 일이라고 생각하지만, '무언가'를 만드는 것에 있어서는 항상 눈이 돌아가는 탓이다.

그렇게 음악을 하는 형, 동생들과 처음 프로젝트팀을 만들어 창작뮤지컬을 만들었다. 내 나이 스물넷, 만으로 스물셋이었다. 호흡을 맞춘 우리는 계속해서 다음 작업을 이어 나갔고, 작업에 흥미를 느낀 새로운 멤버들이 합류하며 인원은 점점 늘었다. 그렇게 두 편의 창작뮤지컬과 다원예술, 실험극을 추가로 더 발표하고 나서야 2017년 11월 지금의 '아이컨택(ICONTACT)'을 정식으로 창단할 수 있었다. 아이컨택을 설명할 때 '극단'이라는 표현 대신 '공연예술단체'로 표기하려는 것은 멤버 구성원들의 영향이 크다. 작가, 연출, 배우는 물론 퍼커션, 기타리스트, 베이시스타, 보컬까지 밴드구성도 될뿐더러 전문 MC와 작곡가, 안무, 조명, 무대 디자이너까지 단계적으로도 보완되어 있기 때문이다.

창단 이야기에 앞서 단체의 성향과 나이를 언급한 것은 이러한 성질들로 인해 생겨난 아이컨택 특유의 분위기에 관해 이야기하기 위함이다. 기본적으로 '재미있는 무언가'를 함께하기 위해 모인 사람들이기에 특정한 룰이나 틀에 갇히는 것을 견디기 어려워했다. 시작이 그러했듯 누군가의 독재나 권력이 작용하기 힘든 구조이다. 물론 단체 운영이나 직위, 경험으로 인한 발언권 차이는 존재하겠지만 기본적으로 수평적인 관계를 지향하고 있다.

아이컨택에서 'I'는 'CHILD/I/EYE'라는 3중 의미를 지닌다. '어린아이와 같은 순수함으로 나를 들여다보고 관객을 마주한다'라는 뜻이다. 단체의 이름에서도 말하는 것처럼 작품을 만드는 데 있어 거침없는 편이다. 옳다고 생각하는 것들을 표현하는 데 있어 단어 선택도 노골적이고 센 편이라 단체를 오해하는 사람들도 더러 있었다. 하지만 지금도 표현의 자유에 있어서는 필터를 많이 하지 않는 편이기에 악동 같은 이미지가 있는 것 같다.

아이컨택을 만든 지도 벌써 6년이 지났다. 지금 멤버 중 다수가 프로젝트팀이었던 걸 감안하면 호흡을 맞춘 지는 이제 9년을 넘어 10년 차를 바라보고 있다. 그럼에도 아직 다수가 20대라는 것은 또 다른 특이점이다. 우리는 다행히 그간의 작업을 일찍 인정받아 더 빠르게 자리를 잡을 수 있었다. 2019년 창작극 <필라멘트>가 서울에서 신진 부문 대상을 받으며 단체에 대한 이목이 처음으로 집중되었다. 그리고 기대

필라멘트

마지막 배우

에 힘입어 이듬해 또 다른 창작극 <마지막 배우>가 서울미래 연극제에서 대상(문체부장관상)을 수상하고, 창작극 <룸메이트> 역시 부산에서 대상을 받으며 단체의 역량을 인정받기도 했다.

하지만 역시 아이컨택의 진정한 매력은 화려한 이력이 아니라 그 뒤에 숨겨진 일상에 있을 것이다. 지난 9년 동안 우리는 더 많은, 재미있는 무언가를 기획했기 때문이다. 또한 아이컨택은 '탈극장'을 선호해 왔다. 시민들과 더 가까운 곳으로 직접 찾아가 공연예술에 대한 물리적 거리를 좁히기 위함이었다.

일찍이 카페를 통 대관한 '이머시브' 형태의 실험극 <더크리쳐>나 거리극 <만드라고라>는 지금 봐도 난해해 보인다. 기본적으로 배우들의 연기나 움직임도 있지만, 라이브세션의 즉흥적이고 즉각적인 반응과 음악들은 생동감을 보태주

더크리처

만드라고라

고, 보컬의 노래와 배우들이 부르는 뮤지컬이 적절히 섞이되 구분되는 편이다. 게다가 극 중 인물을 빙자한 쇼호스트가 공연 중간에 난입해, 관객들이 공연에 적극적으로 참여할 수 있도록 MC로서 관객들과 대화를 진행하는 등 토크쇼를 유도하기도 했다. 게다가 영화제나 게임 페스티벌, 혹은 음식점 등과의 협업도 적극적으로 추진해 왔다.

그렇게 아이컨택은 코스프레 퍼레이드나 영화와 함께 듣는 음악 공연, 인디 가수들의 팬미팅 '옆집딴따라', 직접 아프리카를 다녀온 뒤 사진전과 함께하는 토크쇼를 여는 등 구성

낭독공연 살그시

원들 개개인 역시 왕성하게 활동하며 각자가 원하는 작업을 공유하고 서로가 가진 재능을 나누고 있다.

이렇게 만들어진 아이컨택 특유의 분위기는 사라지지 않는다. 그래서 외부에서, 특히 특정 장르만의 시선에서 우리를 본다면 이해하기 힘든 부분이 많을 것이다. 이제야 말해본다. 사실은 폐쇄적인 단체가 아니라 누구보다 개방적이고 열려있기에, 오히려 더 많은 장르와 예술계통을 넘어 다른 분야까지 궁금해하고 들여다보고 소통하고 만남을 가지느라 항상 소외된 것처럼 보였다는 것을.

광대(광안대교) 연극제

해가 길어지는 8월이면 어김없이 광안리 앞바다에는 광대들이 나타난다. 그들은 거리에서 난장을 벌이며 더위를 식히러 나온 시민들을 즐겁게 해준다.

나는 광대연극제가 외부에서 이런저런 말이 도는 축제라는 것을 부정하지 않는다. 하지만 늘 그렇듯 사람이 많이 모이는 곳이 그렇다. 뒤늦게 운영위원으로 참여한 나의 시선에서도 다양한 문제점들을 쉽게 찾아낼 수 있었다. 물론 당장 고칠 수 있는 것들이 아니기에 점진적으로 나아가리라는 희망이 있다. 왜냐하면 그만큼 매력적이며, 사랑할 수밖에 없는 축제이니까!

광대연극제에 처음 참가했던 건 아이컨택을 막 창단했던 직후였다. 그 당시 우리가 지원받은 건 회식비 정도였지만, 아무렴 어떤가. 우리는 스피커와 악기, 조명과 콘솔, 의상과 소품 등 단체에서 가용할 수 있는 모든 것을 짊어지고 광안리 앞바다로 향했다.

우리는 아직도 그날의 향수를 잊지 못한다. 반짝이는 광안대교와 폭죽을 배경으로 하고 있어, 특별한 무대가 따로 필요하지 않았다. 우리는 지나가는 시민들과 끊임없이 소통했고 그 속에서 함께하는 서로에게도 각별한 애정을 느꼈다. 아이컨택이 수영에 있다는 사실에 감사하며 자부심을 느낀 순간이었다.

현재 광대연극제는 수영구청에서 주관하고 있지만, 실제 운영은 수영구 소재 극단들이 주도하고 있다. 현재는 부산연극제작소 동녘, 교육극단 꼭두, 극단 디아코노스, 공연예술 창작집단 어니언 킹이 운영위원회로 함께하고 있다. 아직 광대연극제가 다른 수영구 극단들에게 큰 매력을 주지 못하는 것 같아 마음이 쓰인다. 하지만 변화를 위해 계속해서 고민하는 사람들이 있기에, 다들 조금만 더 관심을 가지고 힘을 보태어 부산 수영을 대표하는 축제로 더 풍성하게 거듭날 수 있으면 좋겠다.

바다가 보이는 무대 – 어댑터플레이스, 예술은 공유다

바다와 무대 이야기가 나온다면 이제는 빠질 수 없을 것이다. 공교롭게도 아이컨택이 변화와 미래지향적이며 공연예술의 대중화를 꿈꾸고 있다고 말했다면, 훨씬 더 앞선, 최전선에서 지금도 고군분투하며 꿈을 현실화시키느라 분주한 단체가 있다.

'예술은 공유다'와 '어댑터플레이스'를 처음 제대로 마주한 건 몇 년 전 코로나 팬데믹에 대한 '난상토론' 자리였다. 익히 이야기는 들었지만, 현장에서 두 눈으로 직접 본 공간은 한순간에 나를 사로잡았다. 나는 매력이 넘치는 공간에 들어서면 한시도 생각을 멈출 수 없는 타입이기에, 나의 눈동자는 끊임없이 돌아갔다. 머릿속에서는 이미 무수히 많은 실험과 창작극이 그려지고 불과 몇 분이 지나지 않아 꼭 이곳에서 공연을 해보리라 마음먹었다. 공간을 보면, 그 공간을 만든 사람을 어느 정도 알 수 있

아트앤테크 콘퍼런스

다. 심문섭 대표님에 대한 첫인상은 마치 그 공간에서 느낀 것과 같았다.

공연예술을 하면서 많은 사람과 만나고 또 그만큼 많은 이야기를 나누지만, 그토록 박학다식한 사람을 만나는 건 드문 일이었다. 그런 분들은 기본적으로 아는 것이 많다. 특히 자신의 관심 분야라면 며칠 밤을 새워도 신나서 떠들어 댈 것이다. 그리고 대개는 자신의 신념과 사상이 뚜렷하다. 즉 매니악적인 성향을 보인다는 것이다. 대표님이 기술과 연극, 콘텐츠에 관한 이야기를 할 때마다 집착에 가까운 광적인 태도를 보이는 걸 보면, 역시 심상치 않았다. 일전에 인터뷰 내용을 봤을 때도 그러했다. 미래, 도전, 변화, 실험! 반복해서 나오는 단어들이 '예술은 공유다'를 말해준다.

최근 <나는 쇼팽의 녹턴 b단조에 순결을 잃었다>라는 공연을 보았다. 이전에 어댑터씨어터에서 다른 낭독공연과 기획공연도 많이 열렸지만, 이번에는 완전히 다른 새 옷을 차려입은 극장을 보며 감탄했다. 해외와 직접 소통하며 좋은 작품들을 발굴해 내고, 좋은 시스템들을 가져와 우리 정서에 맞추어 낸 작업도 이전과는 완전히 다른 느낌을 선사했다. 그 예민함과 섬세함들이 모여 조화를 이룬다. 초대장부터 시작해 너무나도 편리한 예매, 결제 시스템과 정돈된 홍보까지, 극장에 가는 과정 하나하나가 이미 말 그대로 예술이었다. 그제야 일전에 들었던 이야기에 격한 공감을 할 수 있었다.

'나는 쇼팽의 녹턴 b단조에 순결을 잃었다' 공연

    아마 일반 관객들은 너무나도 자연스러워 그 과정에 있어서
큰 특이점을 찾지 못했을 수도 있다. 그런데 바로 그 지점이 얼
마나 어렵고 대단한 건지 나는 알고 있다. 이러한 연구들로 인해
생기는 변화와 파장들을 상상하자 절로 흥분이 되는 것은, 과연
나만 느끼는 감정일까.

    많은 사람이 공연예술은 가능성이 없다며 부정적인 이야기
를 하곤 한다. 심지어 사람들이 몰라준다며 푸념만 하는 사람들
도 있다. 언젠가는 알아주지 않을까 하는 막연한 기대를 하며 제
자리를 지키는 데 급급한 사람들도 있다. 어쩌면 다 맞는 말일
수도 있다. 하지만 또 다른 누군가는 그 사람들을 대신해 새로
운 가능성을 열고 변화를 일으키고자 한다. '이미 해본 거다', '그
건 현실적으로 어렵다' 등의 이야기를 흔히 하지만, 누군가 성공
하지 못했다면 그건 가보지 않은 길이다. 자신의 실패를 경험 삼
는 것을 넘어, 무수한 실패 끝에 피어날 성공담을 '예술은 공유

다'에 기대해 본다.

　수영에는 참으로 대단하고 좋은 예술단체가 많다. 앞으로 끊임없이 시민들과 소통하고 공유해 나갈 예술단체들의 행보를 기대해 줬으면 한다. 이제는 우리가 직접 다가가고자 고민하고 있으니, 그저 마음껏 즐겨주시길!

제1회 김해국제아동극페스티벌

아이컨택

📍 부산 수영구 연수로 392번길 7 지하 1층

📞 010-5199-1048

🌐 http://icontact.creatorlink.net

✉️ icontact-@naver.com

📷 @icontact_kr

예술은 공유다

📍 부산 수영구 광안해변로 193 7층

📞 051-911-1447

🌐 https://www.adapter.theater

✉️ yes-weareso@naver.com

2부

공간(가꾸다)

문화를
담 는
사람들

수영의 로컬크리에이터가 숨 쉬는 곳, 라움 프라다바코
지역민이 향유하는 공간, 수영성마을박물관
도시 거주민과 방문객을 위한 공간, 도도수영8A
손으로 이야기하는 사람들, 수영의 공방들

수영의 로컬크리에이터가 숨 쉬는 곳, 라움 프라다바코

박호경 라움 프라다바코 대표

어린 시절부터 클래식 음악을 좋아해 피아노를 전공했다. 대학 졸업 후, 글 쓰는 피아니스트로 활동하다가 2019년 '라움 프라다바코'라는 공간을 만들어 현재는 문화(공연)기획자로 활동하고 있다. 세상을 다른 시각으로 바라보는 것을 좋아하고, 그런 생각과 일상을 담은 글을 주로 쓰고 있다.

골목에서 바다로 – 나의 고향 놀이터, 수영의 골목과 광안리

나는 어린 시절부터 골목을 좋아했다. 롤러스케이트를 타고 골목을 누비며, 시멘트 바닥에서 친구들과 옹기종기 모여 오징어게임도 하고 땅따먹기도 즐겼다. 맞벌이를 하셨던 부모님을 기다리던 나에게 골목은 최고의 친구가 되어주었다. 어린 시절을 벗어나 청소년기를 맞이하며, 나는 광안리 바다로 진출하기 시작했다. 골목만큼이나 바다도 친근한 벗이 되어주었다. 질풍노도의 시기에 바다는 예술적 영감이나 생각을 정리할 수 있는 공간이었다. 예술적 소질이 다분했던 나는 예술고등학교와 대학교에서 클래식 음악, 피아노를 전공하게 되었다. 골목과 바다를 누빌 정도로 활동적이었던 나는 20대를 맞이하면서, 나의 놀이터인 골목과 바다를 잃게 되었다. 진로에 대한 막연한 두려움이 나를 괴롭게 만들었고, 생업 문제의 탈출구를 찾는 것은 쉬운 일이 아니었다.

대학을 졸업하면서 예술가 활동을 일찍 시작했지만, 예술과 관련된 직업을 찾는 일은 쉽지 않았다. 특히나 예술가로서 안정적인 활동을 하고 생업을 유지하며 살아가기에 주어진 환경은 녹록지 않았다. 친구들도 하나둘씩 서울로 떠났다. 하지만 나는 괜히 오기가 생겼다. 내가 살던 고향을 지키고 싶었다. 지역 어른들의 이야기를 들을 수 있는 자리에 가보면, 내가 가진 창의성과 예술성을 기반으로 우리 지역에서 청년들과 함께 해야 할 일들이 많이 있는 것 같았다. 그래서 나는 결심했다.

부산 수영구에서 나도 좋고, 이웃에게도 좋고, 지역에도 좋은 일들을 시작해 보기로 말이다.

골목 오르막길과 내리막길을 롤러스케이트를 타고 쌩쌩 달렸던 대범함으로 2019년 여름, 나의 고향 부산! 수영구 민락동에 문화공간 '라움 프라다바코'를 론칭하였다. 공간을 개관한 뒤에 바로 2020년에 코로나 팬데믹을 겪게 되어 힘든 시간을 보낼 뻔했지만, 수영에서 활동하는 동료들을 만나게 되면서 잘 견뎌낼 수 있게 되었다. 나의 브랜드는 2호점, 3호점, 4호점, 5호점까지 확장하며 더욱더 날개를 달기 시작했다. 골목에서 바다로! 닻을 달고 인생의 대항해를 시작한 것이다.

라움 프라다바코 – 프라다바코의 공간, 지역의 문화공간으로

이렇게 탄생된 라움 프라다바코는 내 이름 박호경(바코)에서 따왔다. 라움 프라다바코 이전까지 망미동에 있는 개인 작업실을 사용했는데, 그곳에서 문화예술을 사랑하는 '프라다'라는 별명을 가진 사업가를 만나게 되었다. 그와 함께 민락동으로 공간을 이전하며 라움 프라다바코를 만들게 되었다. '라움'은 독일어로 '공간'이라는 뜻이다. 그래서 라움 프라다바코는 '프라다바코의 공간'이라는 의미를 가지고 있다. 이름이 어렵다고 느끼는 사람들도 있는데, 의미를 설명하면 대부분 무릎을 치며 이후로는 잘 기억한다. 라움 프라다바코에는 "당신의 인생을 연주하

라움 프라다바코 내부

세요!"라는 슬로건이 있다. 당신이 연주하듯 인생을 살아가는 데 있어서, 프라다바코가 함께하겠다는 의미이다. 영어로 하면, "Play Your Life!"이다. 라움 프라다바코를 개관하고, 처음에는 살롱콘서트를 기획하여 공연을 하기 시작했다. 클래식 공연을 만들고 살롱을 개최하다 보니 우리 공간을 빌려달라고 하는 사람들이 하나둘 생겨나기 시작했고, 사업이 확장되면서 현재는 총 5가지 분야에서 사업을 이어 나가고 있다. 사업이라고 표현하기엔 너무 딱딱할 만큼 라움 프라다바코에서는 우리 지역의 이웃들과 삶의 쓰고도 짠맛이 나는 에피소드를 매일 품고 나누는 지역문화센터 같은 역할을 하고 있다. 지역 골목 곳곳에서 소외되는 이웃들은 없는지 문화예술로 해결할 수 있는 사회적 이슈는 무엇이 있는지 매일 고민한다. 문화예술 활동으로 정을 쌓고, 지적 재산들을 환원하는 지역 문화공간의 건강한 역할을 지속적으로 이어 나가는 것을 목표로 두고 있다.

문화공간을 기반한 '라움 프라다바코' 사업 영역

공연기획사업

: 공연기획, 공연대행 (아티스트 섭외, 음향/조명, 영상)

문화공간 '라움 프라다바코'에서 진행된 기획공연 중 대표적으로는 문학작품과 클래식 음악을 함께 감상할 수 있는 '엣지 있는 음악살롱 시즌 1, 2'와 뮤지션의 단독콘서트 '엣지 있는 음악살롱 시즌 3', 국악 살롱콘서트 '광안리 음악살롱'이 있다. 야외 기획공연으로는 광안리 해변에서 진행된 '어메이징 리턴콘서트'가 있다. 자체 기획 공연은 물론 크고 작은 지역축제나 행사에 공연팀으로도 출연하고 있다. 대표적인 행사로는 부산국제영화제 커뮤니티 비프, 광안리 발코니음악회, 광안리 차 없는 거리 축제, 등곳길 음악회, 서면 예술난장 페스티벌, 문화가 있는 날 등이 있다. 행사에 필요한 음향, 조명, 영상촬영도 동반할

어메이징 리턴콘서트

수 있는 시스템도 상시로 갖추고 있어 부분적으로도 컨택이 가능하다. 공연기획과 출연, 모두 접촉이 가능하기 때문에 각 축제나 행사 분위기에 어울리는 출연진을 연결하는 엔터테인먼트 역할도 하고 있다. 분야는 클래식 음악을 기반으로 대중음악, K-POP 댄스, 트로트 등 다양하다.

공간사업 : 대관, 협업, 공간 컨설팅

라움 프라다바코로 출발한 문화공간은 현재 총 5개의 공간으로 개수가 늘어났다. 공간의 크기는 모두 50평대이다. 최대 80명까지(공연, 강연의 경우) 수용 가능하고 음식물, 반려동물 출입이 허용되며 24시간 운영한다. 행사 특성에 따라 각각 다른 옵션사항이 존재하기 때문에 대관 일정과 대관비 조율은 카카오톡 또는 전화 상담을 통해 세심하게 진행하고 있다. 라움 프라다바코는 본점의 역할을 톡톡히 하고 있다. 공연, 공간, 교육,

콘텐츠 등 각 영역의 기획과 운영방안 등 핵심적인 사업구상이
이루어지는 공간이다. 결정된 기획 프로그램은 각 공간에서 진
행된다.

· 라움 프라다바코(광안본점/부산) : 소공연장, 워크샵(세미나), 파티룸
(연회), 스튜디오, 강연
· 프라다바코 플레이(서면점/부산) : 댄스, 오케스트라, 앙상블 연습실
· 프라다바코 스웨덴(영도점/부산) : 인문모임, 리허설, 독서
· 프라다바코 아몬드(해운대 해리단길점/부산) : 전시, 아트몰, 커뮤니티
· 프라다바코 포카리(분당점/경기) : 공연, 모임, 촬영

　　무료 또는 저렴한 가격으로 이용할 수 있는 공공의 공간들이
다수 존재하는 데도 불구하고, 대관방식이 복잡하고 응대가 까
다로워 지역의 예술인이나 시민들이 불편해한다는 사실을 우연
히 알게 되었다. 이러한 고충을 적극 반영하여, 프라다바코에서
는 고객들의 수고를 덜고 예술인들의 영감이 빠르고 편리하게
실현될 수 있도록 힘이 닿는 한 열린 방식으로, 친절하고 융통성
있는 대관을 진행하고 있다.

예술교육사업 : 악기레슨, 진로 프로그램, 특강
　　라움 프라다바코는 피아노 레슨을 비롯한 청소년 진로수업,
특강을 진행하고 있다. 이를 위해 예술과 관련된 다양한 진로

와 직업을 체험할 수 있는 진로 교육 프로그램을 보유하고 있다. 청소년들이 직접 공간에 찾아오기도 하고, 학교에 직접 찾아가 진행하기도 한다. 라움 프라다바코는 수영구 진로교육지원센터와 MOU를 맺고 활발히 활동 중이며, 2021년에는 부산시 교육청에서 지정한 우수진로체험기관으로 선정되기도 했다. 또한 청년들의 지역 정착을 위한 지역 전문가 연결 등 컨설팅도 진행하고 있다.

문화기획 및 커뮤니티사업 : 프로그램 운영, 모임 진행

프라다바코의 5개의 공간 중 가장 핵심이 되는 공간은 부산 수영구 민락동에 소재한 '라움 프라다바코'이다. 수도권에 있는 기업이나 예술단체의 워크숍 장소로 이용되는 등 제일 인기가 많고, 부산지역의 다양한 예술인과 문화활동가가 찾아주는 공간이기도 하다. 라움 프라다바코에서 운영되는 대표적인 커뮤

커뮤니티 운영

니티로는 '청춘한끼(청년예술인 모임)', '음악우체부(생활문화예술 모임)', '몹sea 몹sea(문화예술교육 프로그램)', '아몬드살롱(문화예술 커뮤니티)'이 있고, 컨소시엄 형태로 진행된 문화기획형 배리 어프리 프로젝트 '무장애특공대'도 있다. 이렇게 커뮤니티에 참여한 멤버들이 각양각색의 모습으로 라움 프라다바코에 모여 추억과 삶을 나누며, 서로에게 동료이자 사업파트너가 되어 우리 지역의 문화를 함께 만들어 가고 있다.

청년기반사업 : 지원사업, 굿즈제작, 출판, 홍보

사업의 영역들은 자체의 예산으로 기획되어 진행되기도 하고 한국문화예술위원회, 부산문화재단, 부산진문화재단, 부산광역시, 수영구청, 수영문화도시센터, 영도문화도시센터의 용역 또는 지원사업을 통해 실현되기도 한다. 이처럼 지역의 아티스트뿐만 아니라 기관과의 협업을 통해서도 사업들이 진행되고 있다. 또한 프라다바코가 직접 겪었던 청년 기업의 어려움을 이해하며, 청년에게 필요한 공간을 상호 조율하에 공유하고 있다. 공연예술뿐만 아니라 시각예술 아티스트와의 협업으로 제작된 프라다바코 티셔츠와 텀블러 굿즈 상품도 각 공간과 온라인몰을 통해 판매할 예정이다. 또한 이미 출간된 피아니스트 바코의 에세이 『보통의 삶』이 프라다바코의 성장 과정과 애환을 추가로 담은 확장본으로 출간될 예정이다. 앞으로 제작할 굿즈는 유튜브 채널 '바코티비'를 통해 홍보할 예정이다.

MOU 기관인 수영구 진로교육지원센터에서 2021년부터 시각장애 청소년을 대상으로 피아노 1:1 수업을 진행하면서 배리어프리 프로젝트에 참여하기 시작했다. 작년에는 '무장애특공대', 올해는 '찾아가는 제로배리어'라는 이름으로 장애 문화예술교육 프로그램을 진행하고 있다. 수영구 내 장애인 복지시설에 찾아가 장애 유형별로 진행되는 예술운동회를 콘셉트로 한 교육 프로그램이다. 부산광역시 문화소외계층을

찾아가는 제로배리어

위한 구군특화사업으로, 올해는 라움 프라다바코가 수영구에서 운영하고 있다. 장애인에 대한 문화예술활동이 부족하다는 기관 관계자들의 의견을 참고하여, 장애인들이 어려움 없이 문화공간에 찾아갈 수 있도록 지역 내 문화공간의 환경 개선과 창의적인 교육 프로그램에 대한 이슈를 고민하며, 앞으로도 관심을 가지고 다양한 장애문화예술 프로그램들을 진행할 예정이다.

대표 콘텐츠 2 – '바다 몹Sea 몹See', 생애주기별 문화예술교육

지역민, 관광객, 외국인의 삶까지 각양각색의 라이프스타일이 존재하는 곳이 바로 광안리다. 세대도 다양하다. 이러한 다양성을 아우르며 시민들이 예술가적 경험을 통해 건강한 카타르시스를 느끼고, 삶의 스트레스를 문화예술 활동으로 해소할 수 있다면, 광안리는 예술이 숨 쉬는 동네가 될 것이라는 재미난 상상을 해봤다. 이러한 상상에서 탄생한 '바다 몹sea 몹see'는 문화체육관광부에서 주최하고 한국문화예술교육진흥원에서 주관하는 꿈다락문화예술학교의 프로그램으로 선정되어, 올해부

몹Sea 몹See

터 운영하고 있다. 1기부터 4기까지 수업을 진행하고, 마지막에는 창작 플래시몹을 준비하는 방식이다. 1기(7.19 ~ 8.16)에서는 소리를 채집하여 음악을 만들고, 2기(8.17 ~ 9.14)에서는 음악에 가사를 입히고, 3기(8.23 ~ 9.20)에서는 만들어진 음악에 댄스 동작을 만들고, 마지막 4기(10.5 ~ 11.2)에서 음악과 댄스를 연습하여 11월 광안리 바닷가에서 지역민들과 함께 플래시몹을 진행한다. 기수별 참여 신청은 아래 소통계정을 통해 쉽게 가능하다.

이 프로그램에 참여하는 세대는 청년층과 중장년층이다. 세대 간의 간극을 줄여나가며, 함께 예술적 경험을 느끼고 나눌 수 있는 계기를 만드는 일은 활기찬 우리 지역에 잘 어울리면서도 필요한 일이다. 수영구에는 예술인도 많고, 예술을 향유하고자 하는 시민들의 열의도 강하다. 스펙터클한 광안리의 분위기와 환상의 호흡을 자랑하는 문화공간 라움 프라다바코. 1년에 1,000여 명의 시민이 우리 동네에서, 그리고 전국에서 공간을 방문하고 있다. 얼마 전에는 외국인 손님들도 맞이했다. 앞으로 우리 공간이 국제 문화교류의 장이 되는 날을 꿈꿔본다. 어떠한 색깔을 가진 이웃이 와도 담을 수 있는 커다란 그릇 같은 존재의

문화공간으로 성장하고 싶다. 이런저런 모양의 문화들이 섞여서 조화로운 색깔을 띠고 있는 라움 프라다바코. 이웃들의 아프고 슬픈 이야기가 강한 빛으로 품어내고 있고, 지금 이 시간에도 새로

운 이야기들이 계속 쓰이고 있다.

수영 지역의 문화예술 발전에 도움이 되는 일이라면 열린 마음으로 협력 제안을 받고 있다. 소통계정도 다양하게 열려 있으며, 활력 있고 창의적인 프라다바코의 이미지를 함께 가져갈 광고·협찬을 원하는 개인이나 기업도 상시 모집하고 있다. 자신이 생각했을 때 좀 특이하고 이상하다고 생각되는 것도 의외로 소통이 잘되는 프라다바코다.

라움 프라다바코

📍 부산 수영구 광안해변로 370번길 9-8 블루오션빌딩 4F

💬 070-8615-0910

🌐 https://pradabaco.com

📷 @ho_ki_park(공식계정) @pradabaco(부계정)

전미경 푸조와곰솔 대표

동의대 국어국문학과를 졸업했다. 어렸을 때부터 수영에 살았으며, 수영의 역사와 문화에 관심이 많다. 문화해설사로 활동하다가 마을활동가들과 함께 마을기업 '푸조와곰솔'을 만들었다. 앞으로도 지역의 문화, 사람, 자연을 담는 일을 하고 싶다.

나의 수영 이야기

47년 전 아파트로 이사한다는 아버지의 말씀에 들떠 설렘을 안고 온 곳이 수영 군인아파트였다. 이사 와서 가장 좋았던 기억은 수영공원(그 시절에는 사적공원으로 지정되지 않았다. 1995년도 지정)을 놀이터 삼아 친구들과 노는 것이었다. 푸조나무에 올라가 뛰어내리기도 하고(그 시절에는 푸조나무가 천연기념물로 지정되기 전이어서 나무에 올라가기도 하고 열매를 따 먹기도 했다. 1982년도 지정) 수영동 곰솔나무(천연기념물)의 솔방울을 주워 다람쥐처럼 씨앗을 꺼내먹기도 했다. 지금은 나의 어린 시절 추억이 가득한 수영사적공원에서 수영을 찾는 사람들에게 역사·문화해설을 하고 있다. 수영 군인아파트가 동원로얄듀크로 바뀌고, 올라가서 나뭇가지를 흔들며 놀던 푸조나무에는 팬스가 설치되었다. 엄마 심부름을 가던 팔도시장의 기억도 잊을 수 없다. 당시 팔도시장은 늘 사람들로 붐볐고, 정신이 없었다. 저녁 장을 보러 나온 사람들의 모습과 무언가를 사달라고 조르는 아이들의 떼쓰는 목소리로 들썩거리던 시장은 이제 한갓지다. 하지만 바뀌지 않은 공간도 있다. 집들 사이의 골목길이다. 고무줄뛰기도 하고 술래잡기도 하던 곳이 어른이 되어서 보니, 좁지만 계절마다 다른 모습으로 담장 넘어 고개를 내미는 나무들과 꽃, 열매가 정겹다. 이곳에 마을 사람들의 이야기를 담은, 작지만 알찬 공간이 만들어졌다. 바로 '수영성마을박물관'이다.

수영성마을박물관을 함께 만들다

수영성마을박물관은 2018년 문화체육관광부의 '수영성문화마을사업'으로 지어졌으며 수영구의 역사·문화를 담아낸 공간이다. 나는 수영구해설사로 문화마을사업에 동참하며 마을박물관 조성에도 참여하게 되었다. 부산의 중심이었던 동래고읍성, 경상좌수영성이 있었던 수영구의 역사를 시대순으로 자료를 모으고 주민들의 기록과 추억의 물품을 기증받는 등 공간은 여러 사람의 노력으로 꾸며졌다. 오랜 시간 사람들이 살았던 주택을 리모델링하여 공간을 채웠기에 건물이 가지는 역사도 함께 공유하는 흥미로운 곳이다. 이곳에 살았다는 전 거주자의

수영성마을박물관 외관

방문은 또 다른 즐거움이다. 또한 조선시대 때 243년간 동남해안을 지키던 수군의 주둔지 '경상좌수영성'의 북문 터에 자리 잡고 있어, 역사적으로도 의미가 크다.

공간을 채우다

수영성마을박물관은 3층으로 이루어져 있는데, 우선 1층에는 수영구의 문화예술정보를 제공하고 이야기를 나누는 북카페가 있다. 마을기업 '푸조와곰솔'이 운영하고 있으며 수영에 관한 도서와 잡지, 신문 등 자료를 비치하여 제공하고 있다. 또한 지역문화콘텐츠를 활용한 기념품도 만날 수 있다. 많은 방문객이 푸조가 무엇이냐고 묻곤 한다. 천연기념물 나무라고 하면 참 예쁜 이름이라고 말한다. 덩달아 마을기업 이름도 잘 지었다고 칭찬해 주니 종종 신나곤 한다.

1층 북카페

1층 북카페

2층은 수영성마을박물관으로, 4개 공간으로 나누어 전시하고 있다. 우선 '수영에 서다'에서는 수영구의 역사를 시대순으로 나열한 기록물 위주로 전시하고 있어, 수영의 역사를 한눈에 들여다볼 수 있다. 또한 고지도를 통해 지역의 지리적 변천을 알 수 있으며, 지금은 사라진 수영해수욕장과 수영비행장, 수영강변에서 물고기와 조개를 잡는 사진도 있어, 마을에서 오래 지내신 어르신들의 추억이 담긴 장소이기도 하다. '경상좌수영성'의 흔적을 재현하여 모형으로 담아낸 조형물과 수군, 어부 토우는 아이들에게 인기가 많은 편이다.

다음으로 '수영에 살다'에서는 마을 주민들이 실제로 사용하던 물건에 추억의 이야기들을 덧붙여 전시하고 있는데, 방문객들의 호응이 높다. 전시된 물건을 보며 옛 시절을 추억하는 어른들과 낯선 전시물을 보며 신기해하는 아이들로 정감이 넘치는 공간이다. 도시화되기 전 반농반어(半農半漁)를 하

수영성마을박물관 - 수영에 서다　수영성마을박물관 - 수영에 살다

던 마을 사람들이 소중히 간직해 온 물건 중에는, 이제 구하기 힘든 것들도 많다. 최근에도 기증품을 가지고 오는 사람들이 종종 있다. 건강상 더 이상 연주가 어렵다고 아이들에게 보여주라며 아끼던 가야금을 선뜻 내어주신 할머니가 한 분 계신다. 덕분에 아이들은 가야금을 뜯을 수 있게 되었다. 그리고 40년 넘게 운영해 온 레코드 가게에서 가져온 역사가 깃든 테이프는 1950~1960년대의 아련한 추억을 선사한다. 증명사진 찍는 폴라로이드 카메라와 필름 카메라 여러 대를 기증한 사

진관 사장님, 수영팔도시장에서 오래도록 참기름 가게를 운영하고 있는 분이 직접 만들었다는 나무 소쿠리(그릇), 당시 15살이었던 어머니가 시집올 때 쓴 족두리를 소중히 간직해오다 기증한 팔순 아들의 사연 등은, 계속해서 이어지는 수영의 소중한 기억이다.

한편 '수영을 보다'에서는 1972년 공연된 수영야류(16㎜ 필름)와 좌수영어방놀이, 수영농청놀이, 수영지신밟기 공연을 볼 수 있으며, 끝으로 '수영에 무탈하다'는 수영 산신당, 곰솔 나무, 우물, 장승, 무민사 등 오랜 시간 주민들의 기원이 깃든 것들을 그림과 이야기로 담아내고 있다. 여기서는 500년 당산나무 푸조에 소원지를 적으며 가족과 연인들의 안녕을 빌고 수영야류 탈에 담긴 무사무탈(無事無頉)의 의미를 전할 수 있다.

3층에는 주민들의 취미활동, 평생학습프로그램 등이 운영되는 '문화사랑방'이 있다. 운영 중인 프로그램으로는 해설사와 함께 지역의 유·무형 문화재와 유적을 살펴보며 걷는 '느리게 걷기'가 있다. 수영의 오래된 아름다움을 느끼며 옛사람들의 이야기도 들을 수 있는 시간으로 구성되어 있다. 또한 수영에 관한 이야기가 담겨 있는 『수영을 걷다』도 배치되어 있다. 1층 북카페에서 도서 구입과 느리게 걷기 신청이 가능하다.

수영성마을박물관 - 수영에 무탈하다

지역민이 향유하는 공간

　수영성마을박물관은 지역민의 공간이다. 건물 앞 데크에서는 공연 및 전시가 진행되기도 하는데, 주로 클래식 음악 공연과 지역의 이야기를 담은 탈 공연이 열리곤 한다. 공연이 있는 날이면 어르신들은 일찌감치 자리를 잡는 편이고, 지나가는 사람들은 멀리서 공연을 즐긴다. 작년에 있었던 공연 중 수영농청놀이 이수자가 이끄는 호랑이탈 공연은 특히 인기가 많았다. 코로나19를 물리치는 검은 호랑이 춤은 모두를 즐겁게 해주었다. 한편 데크에서는 아이들과 고양이가 함께 뛰어놀곤 한다. 주택기에서 보기 드문 장소로서 차가 다니지 않는데, 주민분들이 종종 아이들을 데리고 나와 휴식을 취하곤 한다. 또한 이곳은 어르신들의 휴식 장소이자 이야기를 나누고 웃음을 나누는 공간이기도 하다. 데크 가장자리와 화단에는 계절별로 꽃을 가꾸고 있는데, 종종 사람들의 눈길을 끌곤 한다. 이 공간이 앞으로도 사람들의 웃음소리로 가득하길 바란다.

그동안 진행된 프로그램

수영성마을박물관 위탁운영

광안리어방축제민속마을 기획 및 운영

예술로 기업으로 선정

꿈다락토요문화학교

수영구도시재생뉴딜사업 : 맞춤프로그램 – 너도나도테마탐방

수영문화도시사업 : 공동체실험실 – 우물제

도서출판 : 수영문화원사업『수영강, 문학을 품다』,『얼을 잇다』

문화향유사업 : 무사무탈 Safe and Sound, be Happy

광고대행 : 각종 리플릿, 포스터제작

마을축제 : 수북한축제, 도도수영주민축제 등

수영성마을잡지 <푸조와곰솔>

　　수영동에 있는 천연기념물인 푸조나무, 곰솔나무의 이름을 딴 마을잡지 <푸조와곰솔>은 마을기업 이름과 같다. 마을 사람들이 살아가는 이야기와 수영의 문화를 담은 잡지로, 계간지로 발행되고 있다. 현재 23호까지 발간했는데 종이 형태의 마을잡지로는 부산에서 가장 오래되었다. 지역에 관심 있는 사람들이 모여 기획하고, 원고를 쓰고, 원고청탁을 하고,

마을잡지 <푸조와곰솔>

사진도 찍고 있다. 또한 향사를 지내는 모습, 무형문화재 공연 모습을 영상으로 만들어 보존하고, 옛 자료를 찾아 해석을 덧붙이기도 한다. 그리고 축제 소식 및 마을에서 진행되고 있는 사업을 소개하며 주민들의 참여를 유도하기도 한다. 잡지에

마을잡지 <푸조와곰솔>

는 기쁜 소식과 아픈 이야기 모두 실리는 편이다.

잡지와 똑같은 이름을 가진 펜션이 있다는 얘기를 들은 적이 있다. 거제도 학동해수욕장에 자리 잡은 '푸조와곰솔펜션'이었는데, 푸조동과 곰솔동으로 나누어져 있다고 했다. 호기심에 직접 거제도에 찾아가 관리자를 만났는데, 수영에 살았던 옛 주인장이 지은 이름이라고 한다. 펜션에 다녀와서 같은 이름, 다른 두 공간의 이야기를 잡지에 실었는데, 글을 읽은 분들이 신기한 일이라며 즐거워했다. 푸조나무와 곰솔나무의 수령을 합치면 1,000년에 가까워지는데, 푸조나무와 곰솔나무처럼 수영성 마을잡지가 오래도록 지역 사람들의 이야기를 담아냈으면 하는 바람이다.

앞으로의 일

수영구 중에서도 수영동은 특히 주택이 많은 곳이다. 이곳은 문화재보호구역으로 지정되어 있는데, 옛 건물과 골목길이 여전히 많이 남아있다. 수영성마을박물관은 어릴 적 추억을 떠올리며 찾는 사람들을 위해, 수영구의 숨겨진 아름다움과 이야기를 전달하는 프로그램을 기획하고 실행할 계획이다. '수영강물 속 이야기', '수영 노거수 이야기', '수영에서 만나요' 등은 현재 기획 단계에 있으며, 이를 통해 수영강의 멋진 풍경 너머 옛 수영강의 기억을 되살려 보는 일과 골목골목 펼쳐진 작은 이야기를 담아낸 책 출판 등 수영의 역사와 문화를 잘 전달하고 싶다. 어린 시절의 나에게 부끄럽지 않은 어른이 되기 위해, 수영의 다양한 골목에 꼭꼭 숨어있는 보물을 찾아 가꾸어 나가고자 한다.

푸조와곰솔/수영성마을박물관

📍 부산 수영구 수영성로 32번길 28

📞 051-757-3201

🌐 http://pujogomsol.modoo.at

✉️ pujo2018@naver.com

🏛️ https://blog.naver.com/pujo2018

이어진 수영구 도시재생지원센터

수영동 뉴페이스. 10대 시절부터 고향을 떠나 서울과 해외를 떠돌다 엄마의 고향 부산으로 돌아왔다. 인도 둥게스와리와 라오스 비엔티엔 마을에서 활동했던 경험은 지역과 사람에게 관심을 갖게 해 준 큰 계기가 되었다. 서울시 도시재생지원센터를 거쳐 지금은 수영구 도시재생지원센터에서 근무 중이다. 인간과 비인간 사이에서 비건 6년 차를 맞이하고 있으며, 고양이 한 명과 함께 살고 있다. 오염되고 침투되는 삶에 관심이 많다. 결국 우리는 모두 흙으로 돌아간다고 믿고 있다.

수영구 도시재생의 시작

모든 물건은 시간이 지나면 낡고, 나무는 세월이 지나면 뿌리가 깊어지고, 사람은 나이가 듦에 따라 눈가와 이마에 주름이 한 줄씩 늘어나듯 도시도 세월이 지나면 건물이나 하수도까지 모두 낡아지기 마련이다. 새로운 모델의 스마트폰이 출시되면 오래된 모델에서 새로운 모델로 교체하는 것은 너무나 쉽게 할 수 있는 일이다. 사람의 주름도 주사나 필러 등의 기술로 사라지게 만들 수 있다. 오래된 집 역시 부수고 새로 지을 수도 있다.

우리나라는 1960~1970년대 당시 대규모 아파트 공급을 위한 재개발·재건축 붐이 일어났고, 서울을 비롯해 부산에서도 주택난을 해소하기 위해 많은 아파트를 건축했다. 오래된 집과 터는 재개발·재건축 사업 아래 많이 사라졌다. 다만 언제나 모든 것을 새것으로 교체하고 오래된 것을 부수며 새롭게 지을 수만은 없다. 도시가 오래되었다고 그 도시를 삭제하고 새 도시를 건설할 수는 없다. 도시 안에서는 여전히 많은 사람이 삶을 이어가고 있기 때문이다.

'도시재생'은 인구의 감소, 산업구조의 변화, 도시의 무분별한 확장, 주거환경의 노후화 등으로 쇠퇴하는 도시를 지역역량 강화, 새로운 기능의 도입·창출 및 지역자원의 활용 등을 통해 경제적·사회적·물리적·환경적으로 활성화시키는 것

을 말한다.[1]

수영동은 1980년도 좌수영성 일대의 문화재 보호구역으로 지정되었고, 1982년 산업물동량 수송을 위한 고가도로 건설(약 40년)로 개발에 제약이 있었다. 이 탓에 쇠퇴는 지속적으로 진행되었다. 수영동은 부산의 다른 지역과 달리 산이나 언덕이 없고 대부분 평지이며, 65세 이상의 인구가 19.2%로 집계되는데, 노령인구는 지속적으로 늘어나는 추세다(<수영구 도시재생활성화계획>, 통계청, 2016). 이러한 이유들이 더해져, 수영구도시재생활성화사업이 2019년도에 선정되었고, 2023년 현재, 5년 차에 접어들었다.

수영동에는 도도수영8A가 있다

2022년 7월, 도시재생활성화사업의 총괄 역할을 하는 도도수영8A가 개관했다. 도도수영 8A? 사실 이름만 들어서는 무엇을 하는 곳인지 아리송하다. 왜 D(DODO)나 S(SU-YEONG)가 아니고 A이지? 알파벳 중 가장 앞이라서?

도시재생 사업에서 내가 가장 중요하게 여기는 것 중 하나를 꼽으라면, 오래되고 낡아 쇠퇴해 가는 지역에 사는 사람들(주민들)이 주체적으로 지역의 문제를 함께 찾고 해결하는 것

1　「도시재생 활성화 및 지원에 관한 특별법」제2조, 정의

이다. 각자 가지고 있는 자원을 통해 문제를 해결할 수 있는 힘을 키우고, 더 나아가 그 문제를 해결하는 과정을 경험하는 것이다. 이때 주민들이 문제를 찾고 해결하는 경험을 함께하기 위해서는 다수가 모일 공간이 필요하다.

이런 공간은 편안함을 선사하는 게 중요하다. 주민들이 어울려 수다도 떨고 불만에 대해서 이야기할 수 있으려면 당연히 편안해야 한다. 그래야 편하게 이야기하고, 다른 사람들과 어울리며 자주 들락날락거릴 수 있기 때문이다. 무엇보다 주민들이 사용하는 데 불편함이 없어야 한다.

도도수영 8A의 'A'는 앵커(Anchor ; 닻을 내리다, 정박하다)의 첫 글자에서 따왔는데, 수영동에 있는 8개 거점시설을 운영·지원하는 컨트럴타워 역할을 하는 곳이라는 의미다. 즉 앵커 시설은 도시재생사업의 주체인 주민, 행정, 여러 기관이 함께 이용하는 공동 기획의 공간이자, 주민들의 커뮤니티 공간으로 활용되는 곳을 의미한다. 도도수영8A는 수영동 도시재생현장지원센터에서 출발하여 현재는 수영구 도시재생지원센터가 있는 곳이자 주민들의 커뮤니티 공간이라 할 수 있다.

주민들과 방문객을 위한 공간, 도도수영8A
외벽, 1층 – 물리적 장벽을 넘는 모두의 공간

도도수영8A를 밖에서부터 살펴보면, 우선 건물 외벽(출입

도도수영 외관

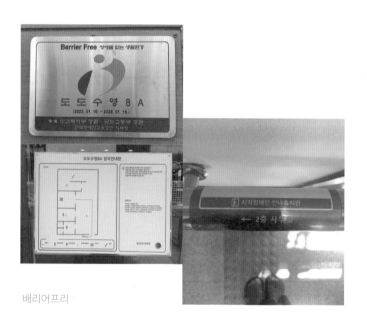

배리어프리

구 원편)에서 '장애물 없는 생활환경(Barrier Free)[2]' 인증을 받은 건물임을 말해주는 엠블럼을 볼 수 있다. 건물 외부에서 내부로 진입할 때 장애물이 없어 휠체어도 쉽게 오갈 수 있고, 건물 내부에는 승강기가 있어 1층부터 5층까지 이동하는 데도, 피난 시에도 어려움이 없다. 계단을 오르내리기 힘든 어르신들의 경우 승강기 이용은 필수적이다.

또한 건물 외부에서 내부로 들어올 때부터 점자블록 및 촉지도와 점자가 설치되어 건물을 안내하고 있고, 문이 열리고 닫힐 때는 음성 안내가 있어 보고 듣는 데 어려움이 있는 사람들이 위험 없이 이용할 수 있도록 했다. 화장실 역시 전 층 모두 장애인이 편하게 이용 가능하도록 설계되어 있다. 공간(또는 거점)은 누구든지 배제하지 않고 사용할 수 있도록 설계하는 게 중요하며 도도수영8A는 이러한 부분에서 세밀하게 접근하고자 했다.

2층 – 상생협력상가

2층으로 올라가면 상생협력상가를 통해 입주한 2개의 회사가 있다. 상생협력상가는 수영구 도시재생 지역 내 영세 임차인들의 상가 내몰림을 최소화하고, 청년 및 소상공인을 위

---

2 Barrier Free란 장벽을 뜻하는 '배리어'와 자유를 뜻하는 '프리'의 합성어로 사회적 약자가 생활하기에 불편함을 주는 장벽을 제거하자는 의미. 1974년 UN 장애인 생활환경 전문가 회의에서 제출된 「장벽 없는 건축설계(barrier free design)」에서 시작했음.

한 경제 활동공간으로 활용하여 지역 상권 활성화를 도모하고 있다(새로 입주하신 여러분 환영합니다!).

3층 – 열린카페, 소모임실, 쉼터

3층에는 오전 9시부터 저녁 6시까지 주민 누구나 사용할 수 있는 열린 카페와 소모임실, 뒷마루 쉼터가 있다. 카페의 가장 큰 장점은 다른 카페에 비해 매우 '조용'해서(물론 사람들이 단체로 앉아 있을 때도 있다) 혼자 작업하거나 공부하기 좋다는 건데, 심지어 와이파이도 빵빵하다. 이곳에서는 개인 물병만 있으면 정수기를 이용해 차갑고 따뜻한 물을 언제든 마실 수 있다. 혹시 개인 컵을 가지고 오지 않더라도 컵을 대여해서 사용 가능하다. 도도수영8A는 종이컵을 따로 비치하고 있지 않다. 도시가 제대로 재생하려면 쓰레기가 덜 나와야 하기에, 조금 불편하더라도 '꼭' 개인 물병이나 컵을 들고 다니기를 권하고 있다.

3층의 소모임실은 예약을 통해 평일 대관이 가능하다. 이곳에는 빔 프로젝트, 마이크(무선 2개), 의자 12개, 벽면고정 보드 등이 있어 회의를 하기에도 무리가 없다. 단, 적정 인원은 최대 12명이다.

열린카페

소모임실

세미나실

옥상정원(하늘마루쉼터)

도시 거주민과 방문객을 위한 공간, 도도수영8A   115

4층, 5층 – 세미나실, 수영구 도시재생지원센터

그리고 옥상정원

수영동 가까이 있는 기관 및 단체에서 이용률이 가장 높은 4층 세미나실은 빔프로젝터, 의자 36개, 마이크(유선 1개, 무선 2개) 등이 갖춰져 있고, 테이블을 사용하지 않을 경우 최대 50명까지 수용 가능하다. 대관 신청이 많은 만큼 사전에 수영구 도시재생지원센터로 연락해서 언제 대관하고 싶은지 먼저 확인하는 것이 좋다. 이곳 역시 3층 소모임실과 마찬가지로 예약을 통해 평일 대관이 가능하다.

마지막으로 5층에는 옥상정원이 있다. 옥상에 올라 고개를 위로 올려다보면 막힘없는 하늘, 멀리 보이는 금련산, 그리고 저 멀리(그다지 멀지는 않아요) 바다에서 불어오는 게 아닐까 싶은 일렁일렁 불어오는 바람도 느낄 수 있다. 바쁘게 살아가는 삶 속에서 잠시의 쉼이 필요한 순간, 한 번씩 하늘을 보기에 좋은 곳이다.

이렇게 도도수영8A를 둘러보았는데, 한 곳이 빠졌다(빠진 곳을 알아챈 당신, 여기를 좀 아시나 봐요?). 그곳은 바로 4층에 있는 수영구 도시재생지원센터다. 센터는 수영구도시재생사업과 망미동도시재생사업을 운영·지원하는 곳으로, 수영구에서 직접 운영하고 있다. 이처럼 센터는 도시재생사업 거점공간을 관리, 추진하고 다양한 프로그램 및 행사를 운영하며, 수영동 지역이 그저 쇠퇴하는 곳이 아닌 재생되고 삶이 이어지는 지역으로 거듭날 수 있도록 주민들과 함께 소통하고 있다. 도도수영8A와 수영구도시재생과 관련하여 궁금한 것이 있다면, 수영구 도시재생지원센터에 물어보면 된다.

대관료가 없는 도도수영8A

이 모든 공간에 대한 사용료는 무료다. 수영구 주민이 아니어도 사용할 수 있다. 단, 공간을 이용할 때는 다른 사람을 위해 자신이 사용한 의자나 테이블, 기기 등은 본래의 자리에 둬야 하고, 공간이 더러워졌다면 깨끗이 치우고 가면 된다. 또한 1층 화장실 이용률도 굉장히 높은데, 주변에 공중화장실이 찾기 힘드니(가까운 곳에 지하철역이 있긴 하다) 1층 화장실만 이용해도 좋다. 이만하면 도도수영8A가 주민들에게 제 역할을 하는 공간임은 확실한 것 같다(어떻게 생각하시나요? 화장실까지 자유롭게 사용하니까 제 역할 하는 거 맞죠?)

도도수영8A 전경

통계를 내보니, 올해 상반기 도도수영8A를 이용한 사람은 총 1,781명이다. 꽤 많은 사람과 단체가 공간을 이용했다. 이 공간에서 프로그램을 운영하거나 회의, 모임 등을 진행하면서 불편한 점은 없었는지, 이용하면서 어떤 점이 가장 좋았는지 물어보지는 못했는데, 주민들이 공간을 이용하며 각자 자신들의 목적을 달성했으면 하는 마음이다.

지난 6월 부산시도시재생지원센터 실무자 협의회에서 30여 명이 도도수영 도시재생사업지를 보러 방문했고, 무더운 8월에도 멀리 전북 김제에서 도시재생사업을 담당하는 공무원 27명이 공간을 다녀갔다. 그밖에도 많은 기관에서 계속해서 방문하고 있다.

도도수영8A가 단순히 좋은 건물, 새 건물이어서 사람들이 오는 건 아닐 것이다. 그보다 지역에 필요한 공간, 주민들의 소통을 이어주는 공간, 사람들이 즐길 수 있는 프로그램이 운영되는 공간, 다양한 의견과 토론이 끊이지 않는 공간으로서 자리를 지키고 있기에, 멀리서도 방문하는 게 아닐까 싶다.

도시재생은 한 번에 이뤄지지 않는다. 이전의 모습과 똑같이 재생되기란 매우 힘들 것이다. 다만 쇠퇴해 가는 과정에서 사라졌던 부분을 찾아 복원하기 위해 주민과 주민이 만나 소통하는 경험, 새로운 문제가 생겼을 때 주민들과 함께 해결하는 과정을 거치다 보면, 천천히 재생의 과정을 밟아가리라 생각한다. 오늘도 도도수영8A는 도시 거주민과 방문객을 위해 문을 활짝 연다.

도도수영8A

📍 부산 수영구 망미번영로60번길 26

💬 051-610-4094

🌐 https://www.suyeong.go.kr/city/index.suyeong

✉ hope88@korea.kr(대관 문의)

🏠 https://blog.naver.com/mangmi0621

📷 @suyeong_do_do

서경원 가죽공방 본 공방장

사회복지 관련 학과를 전공했다. 신경정신과 병원, 장애인 및 노인 관련 센터에서 약 14년 근무했다. 당시 취미로 바이크를 탔는데, 바이크 소품 중 하나인 가죽가방을 직접 만들고 싶어 가죽공예를 배웠다. 당시 취미였던 가죽공예는 이제 업이 되었다(이처럼 취미를 사업으로 발전시킨 사람을 '하비 프러너'라고 한다). 재능을 늦은 나이에 발견한 게 아쉬워, 사람들이 자신의 재능을 빨리 발견하고 학습해서 즐거운 인생을 살아가길 바라는 마음으로 가죽공예를 널리 알리고자 노력하고 있다. 오늘도 가죽을 만지고 있다.

부산 수영구에서는 타 지역구에 비해 다양한 문화예술 관련 프로그램들이 진행되고 있으며, 이를 통해 지역 내 문화예술 관련 종사자들과 주민들이 함께 어울리는 장이 만들어지고 있다. 다양한 프로그램을 진행하거나 참석하면서 문화예술 관련 종사자들을 알게 되었는데, 처음에는 인사를 나누고 커피를 한잔하면서 관계를 지속하다가 우연히 '수수공'이라는 모임을 만들게 되었다.

수수공은 부산 수영구 내에서 공예 및 문화, 예술 관련 활동가들로 구성된 순수 민간단체인데, 현재 8명으로 구성되어 있다. 이 모임은 '수영구에서 손으로 이야기하는 사람들', '함께하는 즐거움을 깨닫는 사람들'을 모토로 삼고 있다. 이번 기회를 통해 수영구 내에서 활동하는 '수수공'들의 숨겨진 이야기를 소개하고자 한다.

림림스튜디오 – 임은지 대표

림림스튜디오는 비콘그라운드 부근, 채광이 좋은 망미골목 모퉁이에 있다. 공간에 들어서면 다양한 색으로 디자인된 작품과 여러 식물이 따뜻하게 반겨주는데, 작은 식물을 키우는 꽃집 같은 느낌과 작은 전시관 같은 느낌을 동시에 선사한다.

목공예를 전공한 임은지 대표는 본인을 '아트퍼니처를 지

림림스튜디오

향하는 작가'라고 소개한다. 또한, 공간은 공방이 아닌 본인의
작업실이며, 전통 공예 기법인 옻칠을 이용하여 현대적인 디
자인과 결합한 공예품을 만들어서 전시 및 판매하는 공간이
라고 이야기한다. 이곳은 나무 외에도 삼베, 세라믹 등 다양한
소재를 활용해 소품이나 작은 가구, 작품 등을 제작하고 있다.

임은지 대표는 국·공립기관에서 미술공예 및 문화예술사
수업을 꾸준히 진행하고 있는데, 주민을 비롯해 많은 사람에
게 공예를 알리고 싶다고 이야기한다. 또한 림림스튜디오 공
간이 공예를 위한 플랫폼이 되길 바란다고 덧붙인다.

그린 온 더 브라운 – 주아현 대표

림림스튜디오에서 100m도 안 되는 거리에 있는 '그린 온
더 브라운'은 상호에서도 알 수 있듯 식물과 함께하는 도예 공

방이다. 통유리로 개방감을 주는 가게에 들어서면 다양한 토분과 컵, 그릇, 접시 및 식기, 무엇보다 초록초록한 식물들이 반겨준다. 대부분의 공방이 그러하듯, 그린 온 더 브라운 또한 클래스를 운영하고 있고, 주문제작 등을 통해 공예품을 판매하며 공방을 운영 중이다.

도예를 전공한 주아현 대표는 유창한 중국어 실력을 갖추고 있다. 그래서인지 대화를 나누면, 이쁘고 또박또박 들리는 목소리 톤이 매력적이고 인상적이다. 주아현 대표는 토분에 관심이 많아 흙과 식물이 잘 자라는 온도를 연구하기도 하고, 토분이 좋은지 안 좋은지 식물을 직접 키우며 경험하기도 한다. 이처럼 토분에 대한 사랑이 남다르다. 주아현 대표는 '사람 만나는 게 정말 좋다'라며, 지금도 다양한 아이디어로 사람들과의 관계를 이어가기 위해 노력하고 있다고 웃으며 이야기한다.

그린 온 더 브라운

헬로커피 하이허니 - 김민경 대표

비콘그라운드 부근 망미골목에는 '헬로커피 하이허니'가 골목 안 오아시스처럼 자리 잡고 있다. 화이트톤 벽에 노란색 출입문을 보면 '아, 여기가 허니허니한 곳이구나'라는 걸 알 수 있다.

헬로커피 하이허니는 디저트 카페다. 김민경 대표는 프랑스의 'Le Cordon Bleu'에서 제빵 제과를 수료한 파티셰로서, 카페에서 다양한 음료와 디저트류를 만들며 판매하고 있다. 시중에서 판매하는 파우더나 시럽을 사용하지 않으며, 직접 만든 재료로 식음료와 디저트를 만드는 만큼, 한번 맛보면 다른 디저트보다 덜 달지만 더 맛있는 맛을 느낄 수 있다.

헬로커피 하이허니는 마치 오아시스처럼 골목을 오가는

헬로커피 하이허니

동네 주민들의 단골 카페로 자리 잡고 있는데, 동네 사랑방 같은 편안한 분위기와 밀랍의 은은한 향을 느낄 수 있는 공간으로서, 오랜 시간 망미골목과 함께하고 있다.

참고로, 필자는 디저트로는 카눌레와 크로크무슈를, 음료는 팥밀크를 좋아한다. 망미골목이나 비콘그라운드를 방문했다면, 잠시 쉬어가는 공간으로 헬로커피 하이허니를 살며시 추천한다.

자연으로 채우다, 밀 – 이상헌 대표

위에서 소개한 헬로커피 하이허니는 온화한 인상의 부부가 운영 중인데, 아내인 김민경 대표는 카페를, 남편인 이상헌 대표는 '자연으로 채우다, 밀'이라는 밀랍 공방을 같은 공간에서 함께 운영하고 있다. 앞서 언급한 것처럼 헬로커피 하이허니에 들어서면 자연스럽게 다양한 디자인의 밀랍과 이들이 풍기는 밀랍 향과 마주하게 된다.

이상헌 대표는 슬로 라이프를 꿈꾸는 동네 점빵, 동네 공방으로서, 밀랍이라는 천연재료를 통해 삶의 여유를 찾아가는 중이라고 이야기한다. 밀랍초는 자연스럽고 은은한 향이 있는데, 자체적으로 발산하는 좋은 성분들로 주위 공간을 채운다. 초에 인공 향을 입힌 기성품들은 안 좋은 냄새를 덮는 용도로 사용되는 편인데, 밀랍초는 좋은 향을 풍기면서도 인

자연으로 채우다, 밀

체에 무해한 편이다.

이상헌 대표는 밀랍 공예를 통해 바쁜 일상 중에 휴식을 갖기도 하고, 꿀벌의 생태를 지켜보며 지구 환경을 위한 활동이 무엇이 있는지 생각해 본다고 이야기한다. 그러다 지난해부터는 배리어프리에 관심을 가지며, 장애와 비장애의 구분이 없는 공간을 만들기 위해 노력 중이라고 덧붙인다.

회화 작가(개인 작업실) – 신유진

수수공에는 공간을 운영하는 사람도 있고, 공간을 오롯이 개인 작업실로 운영하며 창작 작업에만 몰두하는 사람도 있는데, 신유진 작가는 공간을 개인 작업실로 이용하고 있다.

신유진 작가는 디자인학과 '디자인 앤 테크놀로지'를 전공

신유진 작가 전시

한 청년 작가로서 회화와 미디어아트, 인터렉티브 아트를 결합한 작업을 주로 하고 있다. 작년 미술대전 입상을 시작으로 개인전, 단체전 등 전시 활동을 본격적으로 하고 있다.

올해 초 수영구 문화도시 실험실 '무인화랑' 개관식 당시 개관전시로 개인전을 진행했고, 그 외에도 학생들을 대상으로 한 미술 수업을 진행하며 개개인의 작품 활동과 포트폴리오를 만드는 데 도움을 주고 있다. 또한 학생들의 작품을 선보이는 전시기획도 함께 진행하고 있다. 신유진 작가는 관객이 단순히 작품을 관람하는 것을 넘어, 관객과 상호작용할 수 있는 작업을 지향한다고 이야기한다.

아뜰리에 소이 – 정소이 대표

　'흙을 만지는 공간'이라는 의미의 '아뜰리에 소이'는 광안동 광안성당 앞에 자리 잡고 있다. 정소이 대표는 도예가로서 도자기 공방 아뜰리에 소이를 운영하고 있다. 정소이 대표는 히스토리가 있는 오래된 것과 설렘이 있는 새로운 것의 조화를 좋아한다. 정소이 대표는 흙의 가장자리를 모양 가위로 자른 단면과 중첩되어 보이는 선, 그림자에서 보이는 연결된 선을 이용해 형태미를 표현하곤 하는데, 아뜰리에 소이에서는 이를 다양한 용도로 활용할 수 있는 리빙오브제로 만들어 전시 및 판매를 한다. 또한 정소이 대표는 자기만의 커리큘럼으로 외부 출강을 가거나 작업실에서 도자기 수업을 진행하고 있다.

　정소이 대표의 작품을 보면 흙의 테두리에서 표현되는 선과 선들의 이음이 특히 인상적이며, 그 선들이 빛의 밝기나 공

아뜰리에 소이

간의 위치에 따라서도 느낌이 달라지는 것에 신선함을 느낄
수 있다. 정소이 대표가 만들 새로운 작품을 기대한다.

맞소잉 – 김현아 대표

재봉틀공방 '맞소잉'은 수영구 문화도시 실험실 2층에 자
리 잡고 있다. '맞소잉'이라는 상호명은 옳은(right : 옳다)과 소
잉(sewing : 재봉)을 합성하여 탄생했다. 맞소잉의 김현아 대
표는 자체 개발한 교육용 DIY 키트를 활용해 재봉 교육 및 환
우를 위한 사회공헌 제품을 제조·판매하고 있다. 취약계층에
대한 교육과 일자리 지원을 통해, 맞소잉은 2022년 예비사회
적기업으로 지정되어 활동하고 있다.

김현아 대표는 하나를 만들더라도 차별화된 가치를 더하
고자 시접 없는 봉제 기법을 사용하고 있는데, 세탁 후에도 변

맞소잉

형 없이 오래 사용할 수 있는 제품을 만드는 것에 중점을 두고 있다. 공간에는 주로 지속 가능한 취미를 갖기 원하는 사람, 소중한 가족이나 지인에게 정성이 담긴 선물을 주고 싶은 사람이 찾아오는 편이라고 한다.

김현아 대표는 좋아하는 패턴의 원단으로 제품을 제작하는 과정에서 오롯이 자신에게 집중하는 시간을 가질 수 있으며, 제품의 완성도가 높아짐에 따라 커다란 성취감을 얻을 수 있는 것이 소잉의 매력이라고 이야기한다.

가죽공방 본 – 서경원 대표

마지막으로 소개할 공간은 바로 필자의 공방인데, 수영사적공원 남문 입구 우물터 옆에 위치한 '가죽공방 본'이다. 가죽공방 본은 수영구를 대표하는 수영사적공원과 수영구에서 오래된 재래시장인 수영팔도시장의 경계에 있다. 공방 앞에는 복원된 우물터와, 우물터를 지켜주는 정자가 있다. 꽤 좋은 위치에 있다고 볼 수 있다.

필자는 '단순하게, 단단하게, 단아하게, 오래 쓰는, 가치 있는' 가죽 제품을 디자인하고 제작하기 위해 노력하고 있다. 또한 가죽을 통한 사람들과의 관계 형성에 집중하며, '내가 아닌 우리 동네가 즐거워야 한다'를 모토로 지역 및 동네 활성화를 위한 여러 활동에 적극적으로 참여하고 있다.

가죽공방 본

가죽공방 본은 가죽 특성상 동물의 살갗을 사용하지만, 환경을 최대한 파괴하지 않기 위해 식물성 테닝으로 연마한 베지터블 가죽을 사용한다. 또한 이태리 베라펠레 협회에 등록된 최상급의 가죽을 사용하여 제작하고, 많은 이에게 가죽공예를 알리고자 교육 프로그램을 운영하거나 출강을 가고 있다.

지금까지 '수수공'이라는 단체를 글로 담아보았다. 수수공이라는 이름은 수영구의 '수'와 수공예의 '수공'을 따와서 '수수공'으로 정했다. 단체명을 정할 때도 구성원들의 투표를 통해 표를 가장 많이 받은 상호로 결정되었다. 참고로 수수공은 고유번호증을 발급받은, 공식적으로 등록된 단체다.

수수공은 부산시 수영구에 자리 잡아, 수공예의 대중화와 수공예 전문가 양성을 위한 활동을 지향한다. 또한 다른 장르와의 콜라보레이션을 통해 지역사회에 기여하고자 노력하고 있으며, 무엇보다 모두가 즐겁게 활동하는 모임이 되기 위해 한 명 한 명 서로 배려하고 존중하며 활동을 이어 나가고 있다. 이 글을 빌어 수수공 가족들에게 다시 한번 감사한 마음을 전한다.

림림스튜디오

◉ 부산 수영구 망미번영로63번길 30 1층

◎ 0507-1443-5592

◎ @limlimstudio

그린 온 더 브라운

◉ 부산 수영구 과정로30번길 6 1층

◎ 010-4917-8528

◎ @greenonthebrown

헬로커피 하이허니

◉ 부산 수영구 망미번영로85번길 10 1층

◎ 0507-1309-0314

◎ @hellocoffee_hihoney

자연으로 채우다, 밀

📍 부산 수영구 망미번영로85번길 10 1층

📷 @fill_with_nature

신유진 작가

📷 @to.muui

아뜰리에 소이

📍 부산 수영구 수영로611번길 46 1층

📞 010-4807-6842

📷 @atelier_soi

맞소잉

◉ 부산 수영구 수미로50번길 45 2층

◎ 0507-1343-4197

⊕ https://rightsewing.imweb.me

◎ @right_sewing

- -

가죽공방 본

◉ 부산 수영구 수영성로38 1층

◎ 010-9207-0707

◎ @born0303

3부

확산(퍼뜨리다)

문화를
퍼뜨리는
사람들

수영에서 동네책방하기

밤산책방

동주책방

두두디북스

우연한서점

김미현 독립출판 작가

특수교육과 영문학을 전공했으며 현재 경찰관으로 일하고 있다. 출근하면 종종 가시 돋친 불행의 한가운데로 걸어 들어가 작은 사람을 우주처럼 대하고 침묵을 천둥처럼 듣는 연습을 한다. 부당하고 헐벗은 삶을 제대로 보고, 희망을 말할 줄 아는 사람이고 싶다. 삶을 관통하는 글을 찾아 문학을 읽고 있다.

흔히들 영혼은 집에 두고 출근하라고 한다. 나는 30대 중반의 직장인이라, 값비싼 자존심으로 따져 묻기보다 애매한 미소로 눙쳐야 할 때가 더 많다. 요즘 유행하는 로맨스 드라마도 곧이곧대로 보지 못한다. 아름다운 키스신을 보면 최승자 시인의 시 한 구절이 떠오른다. '내가 아무리 그대를 사랑한다 해도 / 나는 오늘의 닭고기를 씹어야 하고 / 나는 오늘의 눈물을 삼켜야 한다' 구차하게 오늘을 살아내는 것까지 사랑의 과제이기에 영혼쯤은 주머니에 구겨 넣고 매일 아침 일하러 간다. 그래도 가끔은, 구겨놨던 영혼을 고이 펴서 다림질하고 싶다. 인간적인 무언가가 고파서 책방 여행을 떠난다.

목요일 저녁, 밤산책방 – 나 자신과 대화하고 싶을 때

목요일은 나와 화해하고 싶은 날이다. 종일 계획과 성과,

밤산책방

자잘한 과제들과 타인의 욕망 사이에서 시끄럽게 지내다가 퇴근 후 홀로 밤산책방을 찾았다. 오롯한 나와의 대화가 필요할 때 나를 위해 열려 있는 공간이 있다는 사실은 큰 위안이 된다.

밤산책방은 연중무휴 24시간 운영되는 무인 서점이다. 금련산역 1번 출구에서 광안리 방향으로 걸어서 3분 거리에 책방이 있다. 책방을 둘러보고 광안리 해변을 산책하거나 광안대교 운치를 즐기며 친구와 맥주 한잔해도 좋을 것 같다. 밤산책방의 문을 여는 순간 파도치는 영상과 숲을 닮은 향기가 나를 맞이한다. 파도 소리, 바람 소리, 나무 향기가 한데 어우러져 세 걸음만 걸어도 산책하는 기분이 든다. 밤산책방의 모든 책은 정성스레 포장되어 있다. 벽에는 책방의 베스트셀러 목록이 적혀 있는데, 위로가 필요한 이들이 찾는 책방답게 제목도 다정하다. 지하로 내려오는 계단에서 마주하는 녹색 안내 포스터부터 친절하게 결제 방법을 알려주는 메모들, 책마다 적힌 추천사 모두 책방지기의 따뜻한 미소를 닮았다.

책방 도서 큐레이션에는 '당신이 무사했으면 좋겠다'는 메시지가 담겨 있다. 청춘의 글을 저금해 놓은 책이 있고, 80년대생들의 유서가

밤산책방에서 판매 중인 오디오북

있다. 첫 월경의 기억을 품은 여성의 글이 있고, 세상에서 가장 작은 소설 조각들이 있다. 이곳의 모든 책은 당신이 어떤 삶을 살든 당신만의 서사가 중요하다고 말하고 있다.

진열대 사이를 걷다가 귀여운 틴케이스에 든 오디오북과 몇 권의 소설책을 샀다. 오디오북에서 시간을 꺼내 들으며 발이 푹푹 빠지는 광안리 모래사장을 걸으면 좋겠다. 손님들이 하나둘씩 책방으로 들어왔다. 혼자 온 손님, 함께 온 손님 모두 각자의 방식으로 책방을 산책했다. 살면서 제쳐뒀던 감정, 기억, 꿈이 그림처럼 펼쳐진 이상한 세계에서 나는 소설의 주인공이 되어 책방을 나섰다. 책방에는 또 다른 주인공들이 자신만의 이야기를 찾아 부지런히 걷고 있었다.

금요일 저녁, 동주책방 – 다른 세계에 마음을 열고 싶을 때

내일이면 주말이라는 안도감은 있지만 약속을 잡기엔 피로한 금요일 저녁이다. 망미역 8번 출구에서 2분 정도 걸어서 '국내 1호 자연과학책방' 동주책방으로 갔다. 동주책방은 오후 1시부터 저녁 7시까지 문을 연다(화·일요일은 휴무다). 서점의 파란색 외관과 귀여운 공룡 캐릭터는 어린아이 같은 호기심을 불러일으킨다.

책방 문을 열고 들어가면 사방에 책과 메모들이 가득하다. 우선 왼쪽 벽부터 차근차근 둘러보자. 동주책방의 시그니처

동주책방

공룡 스티커가 붙어 있는 블라인드북과 누구든 색칠할 수 있
도록 열어둔 컬러링북, 색색깔의 엽서를 닮은 앙증맞은 독립
출판물을 보면 저절로 지갑이 열리는 마법을 경험할 수 있다
(이건 꼭 사야 해).

　책장에는 책방지기가 엄선한 과학책들이 꽂혀 있는데 귀
여운 그림책부터 두꺼운 양장본까지 종류가 다양하다. 학교
를 졸업하고 과학의 '과' 자도 들추어 볼 일이 없었으니 오래
된 옛 연인처럼 반갑고 어색한 것은 당연지사. 책방지기에게
책 추천을 부탁했다. 요즘 들어 새소리가 좋다고 했더니 '참새
침공'이란 책을 추천했다. 할머니가 불쑥 주고 간 참새와 동거
하는 이야기인데 작은 참새를 침략자로 정의하고 참새의 만
행을 적발하는 작가의 말투가 재밌었다. 분명 사랑인데 사랑
을 거부하는 시니컬한 문체가 어찌나 귀여운지. 숭고하지 않
아도 진솔해서 위대한 사랑이었다. 꼬물대는 밀웜과 냉장고

를 공유하고, 벌레가 묻은 입을 옷에 닦는 참새의 파렴치함을 견디고, 손에 파고든 새를 품는 방법을 말하면서도 '구"해"줘' 세 음절을 숨겨두는 일이 사랑이 아니면 무엇일까.

책방의 한가운데에는 개성 넘치는 독립출판물들이 진열되어 있었다. 모두 책방지기가 발굴한 책들이라고 했다. 책방지기는 좋은 책을 발견하면 직접 찾아가 작가를 설득해 책을 구해온단다. 주말에는 주로 작가님들을 만나며 시간을 보낸다고 하니 그 열정이 말로 할 수 없을 만큼 대단하게 느껴졌다. 딸꾹질처럼 질문이 새어 나왔다.

"그렇게 살면 어때요?"

"재밌어요."

무례하게 느껴질 법한데 책방지기는 미소로 화답했다. 고마웠다. 책방지기가 내향적인 작가들을 만나며 웅크려 있던 작품을 서점에 진열하면, 비로소 그 세계가 독자에게 열리고

동주책방 행사 안내 공지

책방을 찾는 사람들이 그 세계로 진입한다. 각종 우주가 책방에 모여 사람을 상상하게 하고 새로운 세계를 다시 생성한다. 이 작은 책방에서 책방지기는 마치 재밌는 놀이를 하듯 거대한 기적의 그물망을 짜고 있었다.

사랑도 전염되나. 책방지기의 애정을 목격하니 타인에게 지쳐있던 지난 일주일이 파사삭 가루가 되어 사라진다. 벽에 붙은 손님들의 독서카드와 카운터 뒤편에 가득 찬 손때 묻은 편지들을 보니 가슴이 뭉클하다. 책방에 오고 간 사람의 마음들이 굳건한 바위같이 버티고 있다. 여기는 무너지지 않을 것이다.

이 견고한 세계에 일원이 되고 싶어 계속 말을 걸었다. 철학에 관심이 있다고 했더니 과학도 철학이라고 했다. 올여름 책방에서 『종의 기원』 읽기 모임을 하고 있다고 했다. 하얗고 작은 환경 에세이를 집어 들었더니 다음 주 토요일에 저자 북토크가 있다고 했다. 이건 명백히 초대다. 시들어 가는 타인들의 세계에서 나를 구원하는 목소리.

책방에서 걸어서 10분이면 수영사적공원이 있다. 성벽을 재현한 담을 따라 걷다가 팔도시장의 활기를 구경하고 집으로 갔다. 책방지기가 건넨 환대의 말이 저녁 내내 마음에서 울렸다.

토요일 오후, 두두디북스 - 취향 공동체를 찾아서

　느지막하게 일어나 주위를 둘러본다. 주말에는 사람들을 만나 안부를 묻고 싶다. 의례적인 인사에서 벗어나 진심으로 안부를 묻고 한가하게 이야기를 나누고 싶다. 토요일 오후 금련산역 1번 출구에서 광안리 해변으로 가는 길, 두두디북스로 갔다. 오늘의 독서모임 주제 도서는 밀란 쿤데라의 『참을 수 없는 존재의 가벼움』. 은은한 조명과 녹색 식물들이 우리들의 사유에 불을 지핀다. 여러 명이 둘러앉은 넓은 테이블은 서로를 궁금해하되 침해하지 않을 만큼 거리를 허용한다.

　두두디북스로 들어가는 문은 특별하다. 마치 마법의 세계로 들어가는 문처럼 책장을 밀고 들어가야 한다. 책장을 열고 아래로 내려가면 재즈 음악이 울려 퍼지는 넓고 따뜻한 공간이 펼쳐진다. 주말에는 오후 1시부터 7시까지 카페와 바(bar)를 운영하고, 그 외에는 저렴한 가격으로 무인 대관이 가능하다. 이렇게 넓고 아늑한 공간을 친구들과 대관하여 시간을 보낸다면 그 어떤 여행보다 풍성한 기쁨을 느낄 수 있을 것 같다.

　두두디북스에는 넓은 테이블과 안락한 의자가 있는 밝은 공간이 있고, 작은 문을 열고 들어가면 작가의 고뇌를 닮은 바가 있어 취향대로 독서 경험을 누릴 수 있다. 탐스러운 머리를 늘어뜨린 행잉 플랜트와 운치 있는 그림 아래에서 책을 읽어 본 사람이라면, 한 줌 조명에 의지해 무라카미 하루키가 즐겼

두두디북스 외부/내부

다던 위스키를 마시며 책을 읽어본 사람이라면, 그 순간부터 '책 읽는 사람'이라는 정체성을 각인하고 살 수 있다.

두두디북스에서 독서모임을 한 게 2019년이었으니 벌써 4년이 흘렀다. 그때 만난 인연을 아직 이어오고 있다. 두두디북스라서 가능한 일이었다. 두두디북스는 바다와 술, 커피, 영화 등 다채로운 문화 자본을 가진 지역사회 문화 플랫폼으로서 다양한 문화행사를 주관하고 있다. 광안리 바다에서 패들보트를 즐기며 책을 읽는 '파도타기 북클럽', 소설을 원작으로 한 영화를 함께 감상하고 독서모임을 진행하는 '북씨네 토크', 작가가 사랑한 술을 음미하며 그 작가의 책을 소재로 대화를 나누는 '작가가 사랑한 술', 그 외에도 영어 맥주모임과 홈가드닝 클래스, 북토크 등 취향을 아우르는 모임들이 여기에 있다.

두두디북스에서는 혼자 읽어도 좋고 함께 읽어도 좋다. 내

두두디북스 바(bar)

안에서 싹트는 성장의 씨앗을 탐색하고 다른 사람과 성장의 에너지를 주고받는 여백의 힘을 느낄 수 있다. 그 여백이 두두디북스의 무한한 확장 가능성이라고 할 수 있을 것이다.

일요일 오후, 우연한 서점 – 반려동물과 함께 책을 읽고 싶을 때

일요일에는 우연에 몸을 맡기고 느긋하게 무언가를 기다리고 싶다. 여름의 습기를 머금은 강아지 털을 만지면서. 강아지 크림이는 4살 무렵 내게 왔다. 크림이는 우리끼리 꺄르르 웃으면 어디선가 도도도도 발소리를 내며 쫓아와 귀를 쫑긋 세우고 가운데에 앉는다. 크림이가 주로 대화하고 싶은 주제는 밥과 간식, 팜카페와 나리 누나이다. 귀도 워낙 밝아서 집에서는 크림이 몰래 비밀 얘기를 할 수가 없다. 내 눈을 피해 훔쳐먹기를 좋아하고 고약한 냄새가 나는 곳에서 산책하기를 즐기고 궁둥이는 꼭 나에게 붙이고 잠드는 우리 크림이는 이제 8살이다.

일요일 낮에 크림이와 수영강변을 산책하다가 서점에 들렀다. 반려동물 동반이 가능한 우연한 서점이었다. 우연한 서점은 민락초등학교와 민락공원, 민락행정복지센터 인근에 위치한 서점이다. 커피와 칵테일을 즐길 수 있는 북카페이기도 하다. 매일 오전 11시부터 밤 10시까지 운영(화요일 휴무)하니 저녁에 들러봐도 좋을 것 같다.

집같이 아늑한 공간이었다. 사랑방과 6인용 테이블, 혼자 벽을 보고 앉아있거나 둘이서 대화할 수 있는 좌석이 두루 갖추어져 있어 언제, 누구와 가더라도 좋은 곳이었다. 카페와 판매 공간은 책장으로 분리되어 있다. 서점에서 가장 인기 있는 책은 단연코 우연한 서점만의 블라인드북일 것이다. 책마다 나이가 쓰여 있어서, 사람들은 자기 나이에 맞는 책을 고르

우연한서점

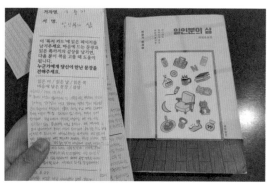

며 어떤 책인지 궁금해하곤 한다. 책방지기에게 물어보면 힌트는 얻을 수 있지만 제목은 알 수 없다. 친구에게 제 나이가 적힌 블라인드북을 선물한다면 재밌는 이벤트가 될 것 같다.

서점을 구경하고, 음료와 토스트를 시키고 자리를 정해 크림이와 앉았다. 천 원만 더 내면 대여 책을 이용할 수 있다기에 망설임 없이 천 원을 결제했다. 노란 카드가 꽂힌 대여 책장을 둘러보다 『일인분의 삶』을 골랐다. 집에서 책을 읽을 때는 독서대를 이용하는 편인데, 마침 2단 독서대가 비치되어 있어 편안하게 책을 읽을 수 있었다.

'일인분의 나는 무엇인가'

작가의 질문을 놓고 향긋한 커피를 마셨다. 책 뒤에 꽂힌 노란색 독서록에는 나와 같은 질문에서 멈춰있던 사람들의 글이 있었다. 연필로 꾹꾹 눌러쓴 문장들이 아련하게 먼 기억을 싣고 왔다. 치장해도 볼품없고 후회해도 소용없는, 단정 지어서는 안 되지만 인정하고 받아들여야 할 내밀한 속사정이 마음속에서 속닥거렸다. 조금은 솔직해져도 괜찮을 것 같다. 조용한 카페에서 책을 앞에 두고 솔직해진다고 해서 아무도 서운해하지는 않을 것이다. 책의 한 구절을 썼다. 작가의 말을 빌려 나를 고백했다. 독서록에 이름 없이 댓글을 달았다. 연필로 만난 사람들을 조용히 응원했다.

다음에는 빛나는 수영강을 따라 조깅하다가 서점에 들러 책을 읽어야겠다고 생각했다. 빈손으로 가볍게 와서 소설책을 빌려 커피 한잔하다가 가야지. 나와 같은 공간에서 같은 책을 읽었던 사람들이 연필로 써 놓은 마음들을 아껴 읽다가 노곤하고 몽글해진 기분으로 집에 가야지. 그날 발견한 나만의 문장을 원고지에 써서 참으로 멋진 하루였다며 손뼉 치며 돌아가야지.

루이보스 애플 티를 한 잔 더 마셨다. 사과가 동동 떠 있었다. 차에서는 꿀맛이 났다. 잠든 크림이를 쓰다듬으며 너와 함께 올 수 있어서 다행이라고 생각했다. 이제 곧 월요일이다. 요일마다 주름 잡힌 감정선을 정비하고 다시 한 주의 시작을 기다린다. 우연히 들린 우연한 서점에서.

밤산책방

📍 부산 수영구 수영로510번길 42 지하 1층

💬 0507-1431-8318

📷 @bam_sanchaek_bang

동주책방

📍 부산 수영구 과정로15번길 8-1

💬 010-9669-0002

🌐 https://velocy.modoo.at

✉ velocy@naver.com

📷 @science_dongju

두두디북스

📍 부산 수영구 수영로510번길 43 지하 1층

🗨 0507-1338-0367

✉ doodoodibooks@gmail.com

📷 @doodoodibooks

우연한서점

📍 부산 수영구 민락본동로11번길 12 1층

🗨 0507-1396-4777

📷 @casualbookshop

제로웨이스트 쑥

카페소수

러브얼스

꽃사미로

임은주 꽃피는 4월 밀익는 5월 대표, 작가

마이너리티 정체성을 가진 사람으로 태어나 작가가 되었다. 비건으로서 비건 사업체를 운영하는 게 꿈이었고, 이를 비건 빵집 '꽃피는 4월 밀익는 5월'을 통해 실현시키고 있다. 지은 책으로는 『비엔나 호텔의 야간 배달부』와 『버자이너 블루』가 있다.

나는 연제구에 살고 수영구에 출근한다. 연제구와 수영구는 인접해 있어 출근하는 데는 10분도 안 걸린다. 나는 '꽃피는 4월 밀익는 5월(이하 '꽃사미로')'이라는 비건 베이커리를 운영하고 있다. 애초에 꽃사미로를 망미단길에 짓겠다고 생각한 이유는 망미단길에서 문화적 토양을 발견했기 때문이다. 5년 전 망미단길에 이미 서점, 전시장, 출판사가 꽤 있었다. 꽃사미로는 그 토양에 비건이라는 키워드를 덧붙였다. 지금은 출판문화뿐만이 아닌 비건 매장도 여기저기 생겼다. 이번에 여유가 생겨 수영구에 있는 비건 매장을 돌아보았다. 우리 가게와 가까운 순서대로 '제로웨이스트 쑥', '카페소수', '러브얼스'를 찾았다.

제로웨이스트 쑥

누가 내 마음속에 '쑥' 들어올 때 쑥스럽기도 하지만 기쁘기도 하다. 자아라는 단단한 아상에 타인을 받아들이기란 여간 쉽지 않다. 그러나 용기를 내어 타인을 수용함으로써 나의 안전지대를 넓혀갈 때 자아는 확장된다. 내 마음속에 쑥 타인을 받아들이는 일처럼 제로웨이스트 라이프를 내 삶에 적용하는 일 또한 새롭고 설렌다.

제로웨이스트는 '5R'로 이루어진

다. Refuse, Reduce, Reuse, Recycle, Rot. 먼저 거절하기! 영수증, 비닐봉지, 빨대, 모두 없어도 되는 물건이다. 우리는 일상적으로 택배를 시킨다. 조금만 더 수고를 들여 직접 방문하면 택배 쓰레기를 줄일 수 있다. 새것만 좋아하는 값싼 자본주의 문화 속에서 재사용하기는 새롭고 힙한 문화로 자리 잡고 있다. 분리배출 하는 것 또한 조금만 더 신경 쓰면 가능하다. 마지막에 'Rot'이 무엇일까 궁금했는데, 썩기 전에 사용하는 것을 말한다고 한다. 예를 들어 냉장고를 털어 요리하는 일 등이 해당된다.

'쏠트컴바인'에서 운영하는 쑥은 망미역 비콘그라운드 주변에 자리 잡고 있다. 이곳은 비건에게는 천국과도 같다. 제로웨이스트 제품도 있지만 비건 식재료가 있기 때문이다. 일이 끝나고 장을 보러 갈 때면 제로웨이스트 쑥에 종종 들른다. 라면, 냉동 식재료 등을 사서 한 아름 들고 쑥을 나온다. 또 한 가지 요즘 도전하려는 건 세제 리필이다. 세제 용기를 버리지

세제 리필 스테이션

쑥에서 판매 중인 음료

않아도 되어서 좋다.

쑥을 지키는 대표님에게 쑥의 의미를 물었다.

"여러 가지 의미가 있어요. 쑥이라는 말은 많이 쓰이지요. '쑥 들어온다'라는 의미도 있고, 한편으론 봄에 자라는 쑥은 생명력이 강하죠. 여러 의미를 담아 '쑥'이라고 지었어요."

봄이 되면 노상에서 지천으로 자라는 쑥처럼 제로웨이스트를 실천하는 삶도 우리 일상으로 쑥 들어왔으면 좋겠다.

카페소수

카페소수는 2023년 7월 31일에 폐업했다. 송별회 파티에서, 당시 카페소수 대표가 케이크를 자를 때 모든 참가자가 '망했다', '망했다', '망했다'를 구호로 외치며 웃었다. 망했다는 말이 그렇게 축하할 만한 일일까? 축하할 만한 일이다. 하나의 문이 닫히면 다른 문이 예비되어 있다는 말처럼, 카페소수는 갔지만 이후 카페소수 대표님에게 혹은 카페소수에게 어떠한 일이 생길지 모르는 일이다.

나에게 카페소수는, 말하자면 실험적인 공간이었다. 그곳에 가면 음료와 케이크를 먹을 수 있었지만, 내가 가장 배부르게 먹었던 것은 '대화'였다. 카페소수 대표님과, 늘 오는 고객들은 거의 지인이거나 친구였다. 기분이 안 좋을 때면 꽃사미로에서 카페소수까지 걸어가곤 했다. 땀이 나게 걸으면 마

카페소수 내부 　　　　　　 퀴어 영화 포스터가 부착된 벽면

음속 불쾌감이나 경제적인 걱정, 근심이 어느 정도 사라지곤
했다.

　카페소수에서는 늘 디카페인 드립 커피를 먹었다. 대표가
직접 로스팅하고 내려주는 커피 안에는 일종의 위로 같은 것
이 있었다. 둘 다 자영업을 하고 있어서 그런지, 말하지 않아
도 같은 공간에 있으면 상대방의 처지나 상태가 가늠되곤 했
다. 그렇게 서로 위로를 주고받은 날이 많았다.

　카페소수는 다수가 지배하는 세상에서 작지만 강한 목소
리의 주인공들, 이들이 내는 소수의 목소리가 묻히는 것을 원
치 않았다. 원하지 않은 정도가 아니라 소수의 음성과 주장
이 더 높아져야 한다고 믿었다. 그렇기에 소수자들의 아지트
가 된 게 아닐까 싶다. 이 공간 안에서는 내가 평가받지 않아
도 되고 스스로 자신을 검열하지 않아도 되었다. 카페소수는
온전히 나 자신으로 복원되는 것을 허락(?)해 준 물리적인 공

카페소수 송별회를 기념한
레터링 케이크

간이었다.

물리적인 공간은 없어졌지만 소수에서 얻은 복원력만큼은 없어지지 않았다. 같은 성 정체성과 같은 식 정체성(비건)을 공유하며 커진 힘으로 자아는 단단해졌고, 사회로 복귀할 힘을 얻었다. 카페소수는 잠시 안녕이지만 영원히 내 마음속에 남아있다. 카페소수 Adieu & Forever!

러브얼스

어떤 공간에 가면 활기를 얻고 어떤 공간에 가면 내면으로 침잠하게 된다. 몇 번 광안리 러브얼스에 혼자 식사하러 간 적이 있었다. 그때 샐러드를 먹었던가, 파스타를 먹었던가. 아, 파스타였다. 파스타를 내어 준 셰프는 소스를 어떻게 만들었는지 그 과정을 상세히 설명해 주었다. 먹는 방법까지 세세하게 가르쳐주는 점이 인상적이었다. 파스타 소스를 앞에 두고, 당시 공간의 분위기 때문이었는지 무척 차분해졌다. 힘이 빠지며 편안함을 느꼈다. 힘이 없고 불안한 사람을 경시하는 사회적인 풍조를 잘 알고 있었기에, 나 또한 있는 척, 강한 척, 센

러브얼스 외부　　　　　　　　　　러브얼스 내부

척을 하며 살고 있다는 기분이 들었다. 세 가지 척이 없어진 후 온전히 나 자신이 되어 맛있게 음식을 먹었다.

　동물에게 해를 끼치지 않고도 맛있는 요리가 가능하다. 논비건이 중요한 가치인 우리 사회는 먹기 위해서 동물을 키운다. 온갖 사료와 항생제로 몸집을 키우고 질병의 발생을 줄여서 우리 식탁으로 가져온다. 축산업 마케팅의 근본은 '이들이 어떤 과정을 거쳐 식탁에 오르는지를 모르게 하라'라는 점이다. 알면 먹을 수 없다. 자본의 효율을 위한 비위생적인 공간, 고통을 주는 양육 방식, 필요하지 않은 동물은 쉽게 죽여버리는 구조와 같은 여러 문젯거리를 알면서도 동물을 먹을 수 있는 사람은 드물 것이다. 그렇기 때문에 마케터들은 실제적인 이미지를 불식시키고 새로운 이미지, 즉 넓은 초원에서 풀을 먹는 소나 뛰어노는 닭과 같은 이미지를 만들어 낸다. 소비자들은 속으면서도 자세히 알고 싶어 하지 않는다. 이미 길든 입

별미 파스타

맛을 고치기란 쉽지 않다. 사회는 이렇게 부조리를 세습하고도 잘 돌아간다.

러브얼스는 쉬는 날이면 메뉴 개발을 위해 테이스팅과 플레이팅, 촬영 등을 진행한다. 몇 개월에 한 번씩 메뉴를 바꾸기 때문에 좋아하는 메뉴라면 자주 가서 먹어둬야 한다. 좋아하는 메뉴가 곧 없어질 수도 있기 때문이다. 러브얼스의 강점은 꾸준한 실험이다. 메뉴를 새롭게 재해석하는 힘도 크다.

꽃피는 4월 밀익는 5월

꽃사미로의 정식 이름은 '꽃피는 4월 밀익는 5월'이다. 김동환 시인의 시구에서 따온 이름이다. 그러다 고객들이 '꽃사미로'라고 부르게 되면서 모두 따라 부르게 되었다. 꽃사미로는 맛있는 식생활을 제안하며 비거니즘 문화기획에 앞장서고 있는 가게다. 꽃사미로는 모든 이를 환영한다. 휠체어 사용자가 진입할 수 있도록 경사로를 설치했고 화장실 역시 휠체어가 들어갈 수 있도록 설계했다. 또한 화장실은 두 개가 있는데, 모두 성중립 화장실이다. 동물과 함께 오는 경우 외부에 있는 테이블에 앉아서 시간을 보낼 수가 있다.

꽃사미로 내부

고객들은 빵을 먹으러 왔다고 생각하겠지만 꽃사미로 기획자들은 비거니즘 문화도 함께 향유하길 원한다. 인간 중심의 사고에서 벗어나면 동물의 삶이 보인다. 동물의 피를 짓밟고 일어서지 않아도 삶은 가능하다. 꽃사미로는 빵집이지만 조용하게 저항하는 비건 공간이다. 비건들은 이곳을 천국처럼 느낄 수 있기를 바라고, 더 나아가 논비건들은 문화체험 공간으로서 이곳을 향유할 수 있으면 좋겠다.

이외에도 수영에는 다양한 비건가게가 있다. 카페 소수가 문을 닫은 대신, 비건 크래프트 공간 '바소랩'이 얼마 전 망미단길에 자리 잡았다. '바소랩'은 비건 비누, 클래스, 아로마 테라피 서비스를 제공하는 브랜드로 광안리 근처에서 영업하다가 이곳으로 이사를 왔다. 또한 광안리 바닷가 근처에는 비건식당 '베지나랑'이 있다. 손님을 대접할 때, 가족이나 친구, 지인에게 축하할 일이 생겼을 때 식사하기 좋은 공간이다.

수영구에서 비건으로 살기란 어렵고도 쉽다. 어렵다고 말하는 건 비거니즘을 실천한다는 것 자체가 어렵기 때문이다. 쉽다고 얘기하는 건 수영구에는 비건 제로웨이스트 가게가 몰려있기 때문에 비건으로서 자긍심을 느끼고 비건 라이프를 추구하는 데 많은 도움을 받을 수 있기 때문이다. 날씨가 좋은 날, 수영구의 비건 플레이스 세 곳을 돌아보며 인간과 동물의 삶에 대해서 생각해 보면 좋겠다.

제로웨이스트 쑥

📍 부산 수영구 과정로 6-7 1층

💬 0507-1416-7113

🌐 https://smartstore.naver.com/ssuklife

📷 @ssuk_inyourlife

카페소수

📷 @cafesosu_vegan

러브얼스

📍 부산 수영구 광안로49번길 32-1 1층

📞 070-4647-2420

✉️ loveurthkorea@gmail.com

📷 @love_urth

꽃피는 4월 밀익는 5월

📍 부산 수영구 망미번영로70번길 16 1층

📞 0507-1366-9199

🌐 https://smartstore.naver.com/aprilandmay45

📷 @april_and_may45

공간 나.라

VOM

파도씨네

씨네포크

오지필름

씨네소파

KAFA

AFiS

강병주 가장보통의영화 VOM 대표

동의대학교 신문방송학과를 졸업했다. 선천적 우심증으로 군 복무는 면제 받았다. 민방위도 간 적이 없다. 어중되게 살다가 늘기만 한 건 빈약한 명분 의 열등감이었고, 제대로 된 취업 준비를 한 적도 없다. 성격 개조를 위해 시 작한 2014년 대학생 뮤지컬 체험활동과 연극집단 물음피에서 무대를 경험 했고, 노는 데 늦바람이 들기 시작했다. 잘 놀면서 쌓은 관계들 덕에, 죽겠다 싶을 때쯤 생계유지가 가능한 일을 시작했다. 현재 가장보통의영화 VOM 대 표이자 영화문화집단 파도씨네의 일원이며, 영화배급협동조합 씨네소파에 재직 중이다.

수영구는 교통의 요충지이자 거주환경으로도, 문화적 기반을 갖출 수 있는 환경으로도 적합한 지역이다. 부산 지하철 3호선 종점이자 2호선 환승이 가능한 정류장이고, 양쪽으로 금련산과 광안리해수욕장을 끼고 있어 배산임수의 형세를 갖추고 있다. 평지가 많아 산책하기 좋은 환경이며 실제로 1인 가구가 많은 지역 중 하나다. 또, 바로 아래로는 경성대와 부경대가 나란히 붙어 있어 활기를 띠는 대학가와 멀티플렉스 극장들이 즐비해 있고, 위로는 수영강을 건너 현재 부산 독립 예술영화의 중심지인 '영화의전당'이 자리하고 있다. 하지만 수영구에는 현재 영화관 시설 설치 기준에 부합하는 극장이 없다. 그래서인지 수영구에는 그 어떤 지역보다도 많은 영화 관련 단체가 자리 잡고 있다.

사실 위의 내용은 영화 관련 활동을 무작정 시작하고서 뒤늦게 붙여 본 수영구에 대한 긍정 가득한 설명이다. 수영구가 궁금하다면 나무위키에 더 자세한 내용이 있으니 참고하면 좋겠다(나무위키를 언급한 것은 실없고 재미없는 농담이다).

나는 지난 2019년부터 올해로 5년째 수영구에서 '가장보통의영화 VOM' 활동을 이어오고 있다. 활동을 시작했던 당시만 해도 이렇게 많은 단체가 모여 있진 않았다. 당시 수영구에서 상영회를 하게 된 것은 아주 우연한 계기였는데, 가장 먼저 언급할 수밖에 없는 곳은 '공간 나.라'다.

수영구의 커뮤니티 시네마 단체들
- 공간 나.라, VOM, 파도씨네, 씨네포크

막 단편영화에 대한 애정을 가지고 상영회를 준비할 때쯤, 부산국제영화제 시네마투게더라는 프로그램에서 만난 지인이 공간 나.라를 운영하는 김라 선생님을 소개해 줬다. 잔뜩 긴장한 채, 지원사업 없이 단편영화 상영회를 준비한다고 얘기했더니, 너무나도 흔쾌히 무료 대관 형태로 공간 이용을 허락해 주셨다. 그 덕에 공간 나.라에서 1년 반을 편하게 인큐베이팅할 수 있었다. 공간 나.라는 내가 지금 속해 있는 아마추어 연극집단 물음피의 연말 파티 장소이기도 하다. 벌써 3년 넘게 물음피가 매년 연말, 공간을 사용하고 있다. 공간 나.라는 집 같은 분위기라 놀기에도 좋은 공간이다.

공간 나.라는 이처럼 청년들에게 공간을 무료로 혹은 저렴한 가격으로 대관을 내어주기도 하지만, 자체 행사도 꾸준히

공간 나.라 활동사진

진행 중이다. 공간을 아는 사람들이 공간 나.라를 들었을 때 가장 먼저 떠올릴 키워드는 바로 프랑스 영화다. 공간 나.라 에서는 매월 둘째 주, 넷째 주 수요일 '살롱 뤼미에르'라는 이 름으로 프랑스 영화를 소개하고 이야기 나누는 시간을 가진 다. 2주에 한 번 꾸준히 진행되고 있어 고정 관객층이 이미 형 성되어 있다. 한편, 예술인문아카데미도 반기별로 쉼 없이 진 행되고 있다. 작은영화영화제 역시 김라 대표가 운영 중인 상 영회인데, 매달 첫째 주 수요일 단편영화를 최소 세 편 이상을 하나의 주제로 묶어 상영한다. 딥슬립커피와 영화의전당 인 디플러스를 오가는데, 간혹 공간 나.라에서 상영하기도 한다.

필자가 운영 중인 '가장보통의영화 VOM'은 수영역 4번, 6번, 8번 출구에서 도보 2분 거리에 있는 인터미션이란 공간 을 기반으로, 단편영화 상영회 및 영화 커뮤니티 프로그램을 기획 및 운영하고 있다. '영화와 가깝진 않아도, 단편영화와는

VOM 활동사진

친해지면 좋겠습니다'를 슬로건으로, 배우-감독전 위주로 단
편영화를 기존의 독립영화 팬층이 아닌 더 많은 이에게 가닿
을 수 있도록 노력하고 있다. 비극장 상영 및 상영 후 게스트
와의 대화시간을 진행할 때, 녹취나 녹음을 하지 않는 것을 원
칙으로 두어 편안한 분위기를 조성하고 있다.

　또 다른 단체도 인터미션을 주 상영 공간으로 삼고 있다.
2022년 10월 24일 태어난 영화문화집단 '파도씨네'다. 이곳
은 라이브시네마 지원사업 참가팀인 데다 지인이 속해있기도
했고 해당 사업에 멘토로 참여하기도 했지만, 특별한 교류가
없었다. 그러다 올해 2월부터 인터미션을 대관하며 옅은 교
류가 생겼고 2023년 5월 둘째 주 모임에 한 번 참석한 후 부쩍
가까워진, 아니 더 정확히는 나 역시도 눈을 떠보니 파도씨네
의 일원이 돼 있었다.

　파도씨네는 2022년 부산청년정책네트워크 프로젝트로

영화상영회를 진행하면서 만난 사람들이 영화 문화를 다양하게 향유하고자 만들었다. 같은 해 '라이브시네마 지원사업'의 도움을 받아 'DUVIDUVI 영화데이'라는 타이틀로 공식적인 첫 상영회를 진행했고 다음 해인 2023년 1월부터 정기적으로 활동을 시작했다. 둘째 주에는 '미니 툴툴화실'이라는 영화 연계 문화예술 프로그램을 진행하고, 넷째 주에는 구성원이 추천한 영화를 함께 보고 이야기 나누며 감상의 폭을 넓히고 있다. 넷째 주 상영회는 주로 수영역 인터미션에서 진행하는데, 비정기적으로도 여러 일정을 함께하고 있다. 파도씨네는 다양한 세대의 공론장이자 놀이터이기를 지향하는 영화 커뮤니티다. 아참, 단체 이름이 왜 파도씨네인지 다들 한번 생각해 보는 것을 추천한다.

상영 활동을 활발히 전개해 나가는 단체로 '영화문화협동조합 씨네포크'를 빼놓을 수 없다. 2018년 1월 부산의 독립에

술영화전용관이었던 국도예술관이 휴관한 후 독립예술영화 전용관 설립추진위가 결성되었는데, 이를 바탕으로 2019년 5월 씨네포크가 출범했다. 필자는 휴관 전 약 3개월 동안 국도예술관에서 평일 마감 아르바이트를 했던 경험이 있는데, 교류가 없어도 내심 응원하게 되는 단체다. 당시 일을 지독하게 못했지만, 그 이후로 언제 만나든 정진아 프로그래머가 환대해준다. 이에 매번 감사한 마음이다.

씨네포크는 2021년부터 망미동을 거점으로 커뮤니티 파티 및 봄봄 상영회, 망미 영화 나들이 등의 행사를 직접 기획하고 운영하고 있다. 또한 올해 6월부터 '영화와 강연이 함께하는 딥러닝 시네마' 상영회를 매달 이어오고 있다.

수영구는 새내기, 연차는 베테랑 – 오지필름, 씨네소파

수영에는 어느새 여러 영화사가 자리 잡고 있다. 먼저 자리 잡은 단체는 2013년부터 활동 중인 다큐멘터리 창작공동체 '오지필름'이다. 남천동, 중앙동 또따또가를 오가다 얼마 전부터 망미역 인근으로 옮겨왔다. 필자는 지난 2015년까지 진행했던 '깨세아카데미'라는 다큐멘터리 제작 아카데미 3기 수강생으로 참여하며 처음 이곳과 연이 닿았다. 학교에서 마주친 적은 일절 없었지만 알고 보니 학교 선배들이었고, 그 덕에 심리적으로 가까워진 기분이 들었다. 필자가 처음이자 마지막으로 직접 만든 다큐멘터리 영화 <언더독>은 깨세아카데미 덕분에 만들 수 있었고, 이는 영덕스클럽(부산 청년영화제) 활동으로 이어지는 감사한 계기가 되기도 했다.

오지필름의 현재 구성원은 4명인데, 연출은 주로 박배일 감독과 문창현 감독이 맡고 있다. 오지필름은 그동안 <밀양아리랑>, <소성리>, <기프실>, <라스트 씬>, <사상> 등 10편이 넘는 작품을 제작했으며, 우리 주변에 있는 소외된 이들을 세상과 연결할 수 있는 다큐멘터리 작업을 이어 나가고 있다. 한때는 '다큐싶다'라는 다큐멘터리 상영회를 매달 열기도 했다.

필자가 재직 중인 영화배급협동조합 씨네소파는 개인적으로 감사한 회사다. 3년 전 갑작스러운 퇴사를 맞이했는데, 당시 실패박람회에서 진행된 '실패살롱'이라는 행사를 통해 씨네소파를 만나 열흘 만에 재취업할 수 있었다. 동료들의 무

오지필름 활동사진

씨네소파 활동사진

한한 배려 덕분에 현재 배급 일을 신나고 재미있게 하고 있다.

2017년 3월 창립한 씨네소파는 지역 유일의 장편영화배급사로 수영에 갓 입성한 새내기다. 씨네소파는 그동안 사무실이 해운대구를 떠난 적이 없었다. 이곳은 자본에 구애받지 않는 영화와 배급을 생각하고, 인생을 변화시키는 향유의 체험을 지향하고, 사람이 살아나는 건강한 일터를 꿈꾸며 사람과 영화의 건강한 만남을 추구하고 있다. 그동안 약 20편에 가까운 독립장편영화를 배급하고 개봉해 왔으며, 영화를 매개로 한 문화예술 향유사업, 지역 커뮤니티 및 문화예술 사업, 공간을 거점으로 한 커뮤니티 사업도 함께 진행하고 있다.

국내 대표 영화 교육기관 – KAFA, AFiS

수영구에는 주요 영화 교육기관도 많이 있다. 금련산역에서 나와 오르막길을 좀 걷다 보면 숨이 찰 때쯤 보이는 곳이 바로 한국영화아카데미와 아시아영화학교다. TMI이지만 해당 기관 인근은 공기가 좋아서 산책하기 좋다.

먼저 KAFA라 불리는 한국영화아카데미는 한국을 대표하는 영화학교로 1984년 설립된 영화 전문 교육기관이다. 현재 영화진흥위원회 위원장인 박기용 감독, 그 외에도 허진호 감독, 봉준호 감독, 김태용 감독, 최동훈 감독 등 스타 감독들을 배출해 낸 곳으로 잘 알려져 있다. 2012년에는 본래 2년 과정이었던 정규 커리큘럼이 1년으로 줄었고, 2018년 학기 중에 서울에서 부산 금련산역 인근으로 이전했다.

AFiS라 불리는 부산아시아영화학교는 방문한 지 벌써 3년이 훌쩍 넘었다. 필자는 '영화와 여행'이라는 주제로 오성은 작가가 맡았던 시민강좌를 수강한 바 있다. 이후로는 AFiS를 굳이 찾을 일이 없었다. 홈페이지의 내용을 바탕으로 짧게 소개하자면 AFiS는 국제 영화비즈니스 전문인력을 양성하기 위한 교육기관이다. 한국과 아시아 영화계를 대표하는 각 분야 영화인을 교수/강사로 초빙해, 아시아 전역에서 소수의 인재를 선발하며 프로듀서 중심의 영화 비즈니스 실무교육을 진행한다. 전담 교수와 학생 간의 개별 멘토링을 통해 실질적인 영화산업과의 연계에도 주력하고 있다. 또한 25세 이하의 젊은 영화인들을 대상으로 한 단편영화 제작 워크숍인 'FLY', 부산국제청소년영화캠프와 시민을 대상으로 한 영화 교육 아카데미도 운영하고 있다.

위의 단체나 기관 외에도 수영구의 이곳저곳에서 다양한 단체가 영화 상영, 영화 제작 등 영화와 관련된 일을 하고 있을 것이다. 다만, 필자가 개인적인 사연을 가지고 있거나 오랫동안 활동하고 있는 단체 위주로 소개하고자 했다. 내 마음을 담은 진짜 내 말을 하고 싶었기 때문이다. 부족하지만 이 글이 수영구에서 영화 관련 활동을 원하거나 새로운 영화들을 접하고 싶은 이들에게 자그마한 도움이라도 되면 좋겠다.

글을 쓰면서 작은 바람이 생겼다. 위에 언급한 단체들만 해도 각자의 빡빡한 사업으로 빠듯한 나날들을 보내고 있거나, 혹은 해당 활동을 본업이 아닌 부업으로 하는 경우도 있기에, 같은 지역에 머물면서도 틈틈이 인사 나누는 것마저 쉽지 않지만, 언젠가 서로 인사를 나누고 찾아가서 만날 여유가 생겼으면 하는 것이다. 누군가는 이상이라 할지 모르겠지만, 그리 높은 이상은 아니라 생각한다. 더 나아가, 아니었으면 좋겠다.

공간 나.라

♦ 부산 수영구 수영로513번길 18

🏠 https://blog.naver.com/spacena_ra

📷 @spacena.ra

가장보통의영화 VOM

♦ 부산 수영구 수영로679번길 23, 지하1층(인터미션)

🏠 http://blog.naver.com/vom2019

📷 @veryordinarymovie

파도씨네

📷 @pado_cine

✉ padocine1024@gmail.com

씨네포크

📍 부산 수영구 연수로357번길 29, 3층

✉ cinefolkart@gmail.com

📷 @cine.folk.art

오지필름

🌐 ozifilm.tistory.com

씨네소파

📍 부산 수영구 연수로 385번길 25

✉ coop.cinesopa@gmail.com

🌐 https://cinesopa.kr

📷 @cinesopa

KAFA(한국영화아카데미)

📍 부산 수영구 수영로521번길 55

📞 051-750-8400

🌐 https://www.kafa.ac

📷 @kafafilms

AFIS(부산아시아영화학교)

📍 부산 수영구 수영로521번길 55

📞 051-750-3209

🌐 https://academy.afis.ac

✉ contact.afis@gmail.com

공간 힘

영영

현대미술회관

아트랩

틈9413

진세영 공간 힘 큐레이터

공간 힘에서 큐레이터로 일하고 있다. 관심 가지는 것들, 흥미로워하는 것들

을 전시기획이란 명목으로 곁에 두면서 지낼 수 있어, 만족하며 살고 있다.

도시에 관한 이야기들을 다양한 관점과 분야를 통해 (이를테면 미술과 역사

등으로) 만나는 걸 좋아한다.

들어가며

　망미동·민락동·수영동 등 수영구 일대에는 여러 전시공간이 있다. <부산일보>에서 2022년 기획하고 연재한 '신문화지리지–2022 부산 재발견' 시리즈에 따르면, 해운대 지역에 집중되었던 전시공간이 2022년 시점에서는 수영 지역으로 넓어지고 있다고 한다. 2009년 부산의 전시공간은 '해운대와 해운대 이외의 지역'으로 나누어 분류하면 어느 정도 정리할 수 있었는데, 지금은 '해운대, 수영 그리고 그 외 지역'으로 나눠볼 수 있을 만큼 수영의 전시공간이 늘어난 것이다.

　대표적인 전시공간으로는 전시·공연·축제·행사 등을 진행하며 복합문화공간을 표방하는 F1963 석천홀이 있다. 또 그 바로 인근에는 미래지향적인 주제와 디자인 부문을 전시로 선보이는 현대 모터스튜디오 부산이 있다. 이 두 곳은 규모가 꽤 있는 공간으로 가족 단위의 방문이 쉬운 곳이라 인기가 많다. F1963에는 국제갤러리 부산점이 입점해 있기도 한데, 수영에는 이와 같은 갤러리 공간이 많이 모여 있다. 특히 수영강 주변으로 위치해 있는 갤러리 이배, 아트부산, 오브제후드 같은 곳이 대표적이라 할 수 있다. 이외에도 카페나 서점을 겸하면서 전시를 주기적으로 선보이는 비온후 책방의 전시공간 보다, 딥슬립커피 등이 있다. 마지막으로 문화도시 관련 사업이 진행되면서 문화예술 계열의 주요 거점공간이 전시공간으로 활용되는 경우도 있다.

이처럼 수영구에는 복합문화공간 유형의 기관·시설부터 미술작품 전문 갤러리, 먹거리와 마실 거리를 겸한 문화공간 등 다양한 형태의 전시공간들이 모여 있다. 사진 찍기 좋은 환경은 물론이고 다양한 볼거리, 먹거리를 해결할 수 있기 때문에 가족 나들이부터 연인과의 데이트 코스 등으로 찾아오는 사람들이 많다. 이곳에 하나둘씩 모여 있는 전시공간을 한 군데도 빠짐없이 소개하기란 어려울 정도로 그 숫자가 많다.

골목과 바다 곁의 전시공간들

공간 힘

공간 힘 역시 이곳 수영구에서 올해로 9년째 활동을 이어오고 있는 전시공간이다. 공간 힘은 수영동의 팔도시장 인근에 있다. 2014년 기획전시 <옥상의 정치>를 시작으로 개관한 전시공간으로 사회문제에 대해 예술로 사유하고 발화할 수 있다고 생각하는 공간의 작가, 큐레이터들이 전시, 세미나, 강연 프로그램 등을 기획하고 있다. 이러한 큰 방향성에 따라 사회 내부에 존재하고 있지만 가시화되지 않은 것들을 예민하게 포착하거나 현실에 대해 비판적으로 작업하는 작가, 기획자들을 집중적으로 지원하고 협업해 나가고 있다.

최근에 열린 기획전시로는 부산지역의 중년 여성노동사에 대해 살펴본 <끈적이는 바닥>, 한국이 무기 수출이나 해외

<끈적이는 바닥> 전시 전경   <존경하는 ( ) 여러분> 전시 전경

파병과 같이 다른 국가 간의 분쟁에 가담하면서도 난민은 받지 않으려 하는 모순된 현실에 대해 이야기하는 <존경하는 ( ) 여러분> 그리고 생화학전에 대비해 주한미군이 진행하는 '주피터' 프로젝트를 부산–미군기지라는 지리적 차원 이상으로, 경제발전사의 맥락 속에서 비판적으로 바라본 <주피터 프로젝트 no.2> 등이 있다.

공간 힘의 최근 전시들에서 주목할 만한 부분은 전시와 프로그램을 중심으로 지역 내·외의 작가, 큐레이터, 연구자 등 다양한 사람들과 협업하면서 그 만남을 의미 있게 만들어 나가고 있다는 점이다. <존경하는 ( ) 여러분>을 기획한 강주영 큐레이터는 전시를 열기 이전에, 공간 힘의 <큐레토리얼 워크숍> 프로그램에 참여했다. 프로그램을 통해 전시기획안을 작성하고, 자료를 조사하면서 참여자들과 함께 여러 생각과 의견을 주고받아 전시기획서를 갖춰나갔다.

시리즈 형식으로 진행되고 있는 <주피터 프로젝트> 역시 마찬가지다. 서평주 대표와 함께 해당 전시를 기획해 오고 있는 정강산은 독립연구자로, 공간 힘에서 <워커스&워커스> 프로그램 등을 통해 주제연구 발표로 함께한 이력이 있다. 이

<주피터 프로젝트 no.2> 전시 전경

처럼 공간 힘에서 진행하는 전시와 프로그램의 기획에서는 참여자가 공간 힘의 동료가 된다. 이렇게 동료로 나아가는 관계 속에서 지속적이고 심층적인 주제연구, 다양한 작가들 간의 협업 작업 등 다음 기획의 밑거름으로 이어진다.

2023년에도 마찬가지로 기획 프로그램과 전시로 공간 힘의 한 해가 꾸려진다. 특히 프로그램은 어느 정도 정례화 되어 자리 잡아 가고 있다. 큐레이터의 실무와 이론적 실천을 함께 연구하고 지원하는 <큐레토리얼 프로그램>, 작가들과 함께 사회문제·예술이론 등을 살펴보며 다양한 경로로 작업을 고민해 볼 수 있는 <아티스트 워크숍>, 한 작가의 작업 세계를 다양한 관점으로 살펴보는 <비평 워크숍>, 큐레이터의 연구 주제를 확장, 심화시켜 볼 수 있는 <주제연구 워크숍>, 지역의 현안을 살펴보며 기존과 다른 관점으로 읽어보기를 시도하는 <워커스&워커스> 등이 진행 중이거나 준비 중이다.

10월 말부터는 지난해의 기획전시 <끈적이는 바닥>을 심화한 김선영 큐레이터의 기획전시가, 12월에는 공간 힘 구성원들이 준비한 개인전이 진행될 예정이다.

영영

공간 힘에서 소개할 수 있는 인근 전시공간으로는, 공간 힘에서 걸어서 10분 정도면 다녀갈 수 있는 영영이 있다. 영영은 2020년 비교적 젊은 작가들이 편하고 자유롭게 사용할 수 있는 화이트큐브 형식의 전시공간이 필요하다는 생각을 바탕에 두고 개관했다. 지금까지 열렸던 전시나 행사를 살펴보면 순수미술뿐만 아니라 만화, 애니메이션 등과 같은 서브컬쳐 장르와 주제가 제법 포함되어 있다. 이러한 서브컬쳐 장르물의 전시 진출이라는 특성도 공간의 지향점이라고 한다.

전시공간 영영의 입구

영영은 관람객이 공간에서 현실과 동떨어진 이상한 세상에 온 것 같은 생경한 경험을 받아 가면 좋겠다고 밝히고 있다. 그런 만큼 전시나 행사 소식에 호기심을 안고 방문해 보면

영영 전시 전경

어떨까 한다. 한편으로는 공간을 활용한 커뮤니티 활동에 더욱 집중해 볼 예정이라고 하니, 여러 방식의 만남과 관계에 초점을 둔 영영의 활동에 주목하면 좋겠다. 2023년 9월 하순까지 정영환 작가의 개인전을 진행한다. 오늘날 각자의 위치에서 창작활동을 이어 나가는 작가들의 작업이나 프로젝트를 관람하기에 더없이 좋은 공간이 아닐까 한다.

현대미술회관

영영에 이어서 소개할 수 있는 전시공간으로는 현대미술회관이 있다. 공간 힘에서 영영까지의 거리만큼, 영영에서 10분 정도면 이곳 현대미술회관에 도착할 수 있다. 청록색의 페인트 색깔로 산뜻한 느낌을 자아내는 이곳은 다락 공간, 미닫이문 등 1970년대 주택 건축 양식을 그대로 유지하면서, 화이트큐브 형식을 동시에 갖추고 있는 전시공간이다. 망미동의 1975년형 단독주택을 리모델링하여 세 칸의 전시장, 워크숍룸, 욕실, 옥상 등으로 나누어 운영하고 있다.

현대미술회관 역시 공간에서 형성되는 느슨하고 긴밀한 관계를 공간 운영의 중점 사항으로 두고 있다. 작가들이 경계

현대미술회관 내부

현대미술회관 전시 전경

없이 편히 모여 작업에 대해 이야기 나눌 수 있는 거점 공간이 되는 것을 취지로 삼고 있다. 그러다 보니 매체나 작업 성향에 제한을 두지 않고 실험적이거나 다양성을 중요하게 생각하면서, 전시나 워크숍으로 여러 사람과 관계를 맺어오고 있다. 회화, 판화, 조각, 설치, 영상, 음악 등 다양한 장르의 작업을 만나볼 수 있는 것이 특징이다.

2023년에는 3월에 개최된 GRAMI(신가람) 개인전 <조각난 조각>을 시작으로 노순천 개인전 <접힌 사람> 등이 개최되었고, 시 쓰기 강의 프로그램도 진행되었다. 전시는 쉼 없이 계속 이어질 예정이다. 8월부터는 강정부 수집전, 9월에는 MM(곽은지, 김현, 박소현, 임초롱)의 기획전 <김상수 찾기>가 예정되어 있다. 그 이후로도 박상호, 류예준, 정윤주 등 개인전이 12월까지 이어진다. 작가 한 명 한 명의 내밀한 주제, 다양한 표현양식을 전시를 통해 살펴볼 수 있을 것이다.

아트랩

아트랩은 2018년에 수영건설시장으로 알려진 전통시장에서 처음 문을 열었던 전시공간이다. 이후 2022년 1월, 위치를 옮겨 지금의 망미동 주택가에 자리를 잡았다. 앞서 소개한 현대미술회관처럼 아트랩은 현재 옛 주택의 모습을 보존한 전시공간 형태로 운영 중이다. 옛 주택을 보존하는 오늘날의 전시공간이라는 특징은 아트랩의 지향점을 잘 보여준다. 과

아트랩 전시 전경   아트랩 외부

거와 현재의 예술이 만나 새로운 미래의 예술로 보여질 수 있는 장소이기 때문이다. 아트랩에서는 생활예술부터 뉴미디어 장르까지, 공예·회화·뉴미디어 등 다양한 작품 전시를 시기마다 만날 수 있다. 아트랩은 지나친 난해함을 피하면서 찾아오는 사람들과 만나고자 노력하고 있다.

인큐베이팅 프로그램인 '오픈콜'이 상시로 진행되고, 이를 바탕으로 부산국제호텔아트페어(BAMA hotel art fair)를 비롯한 여러 국제단위 미술 행사에 연계적으로 참여하기도 한다. 이런 활동에 주목해, 소식을 틈틈이 챙겨보면서 수영에서의 아트랩은 물론이고, 수영 바깥에서의 아트랩을 만나보는 것도 흥미로운 일이 될 것이다.

틈9413 외부   틈9413 내부 전경

틈9413 (열린 문화 공동체 딴, 스페이스미음)

마지막으로 소개할 공간은 틈9413이다. 틈9413은 2023년 초에 기획되어, 아직 잘 알려지지는 않은 프로젝트 성격의 단체이다. 2008년 11월에 활동을 시작한 열린 문화공동체 딴이 문화예술과 지역사회의 공동체적 가치에 대해 고민하면서, 스페이스미음(spacemium)과 공동으로 준비한 전시공간이자 기획 프로젝트이다. 광안리에 있는 이 공간은 기본적으로 작가노트 서점과 영상전시장으로 운영될 예정이다.

작가의 주관적인, 날 것 그대로의 생각, 메모, 드로잉, 리서치 자료가 대중에게 전시로 공개된다. 작가들의 작품 이외에 부산물 격으로 생산되는 다양한 형태의 자료를 통해서, 작가의 작업세계를 새롭고 다양하게 해석할 수 있도록 도와주는 인터뷰 영상, 차 한잔하면서 편하게 살펴볼 수 있는 환경으로 구성된다. 2023년 8월 20일부터는 최은희 작가노트 전시

<es ist da>, 9월 20일 무렵부터는 narumi 작가노트 전시가 예정되어 있다. 이와 같은 전시를 통해서 상업작가와 비상업 작가의 경계에 대해 고민하고, 통상적인 관념들에 대해 새롭고 합리적인 관점을 제시할 거라 기대하고 있다.

나가며

마지막으로 소개한 전시공간은 2023년 8월 현재, 아직 오픈하지 않았다. 이처럼 수영에서는 다양한 전시공간이 계속해서 새롭게 문을 열기도 하고, 이런저런 사정으로 문을 닫기도 한다. 어찌 되었든 전시를 중심으로 작업이나 사회문제, 미술에 대한 담론 등 여러 고민과 생각을 나눌 수 있도록 마음을 쓰고 있는 공간들이 계속해서 자리 잡아 나가고 있다는 점만큼은 확실하다.

수영의 여러 전시공간을 좀 더 상세하게 살펴보고 싶다면 수영문화도시센터에서 제작한 '수영 큰일 낼 지도'(https://suyeongmap.kr)에 방문하는 걸 추천한다. 실제로 공간 힘에도 수영문화도시센터의 책자나 지도를 살펴보면서 방문하는 관람객이 해가 갈수록 늘어나고 있다. 무더운 여름날이지만, 그늘과 바람을 찾아 수영의 골목과 바다를 거닐며 전시공간에 한 번씩 들러보는 일은 생각보다 재미가 클 것이다. 이런 발걸음을 통해서 전시공간들은 저마다의 색깔을 더욱 선명하게, 때론 달리할 것이며, 더 나아가 새로운 만남을 통해 함께 할 동료를 찾아나갈 것이다.

공간 힘

📍 부산 수영구 수미로50번가길 3 (B1·2F 전시공간, 4F 사무실)

📞 0507-1342-2670

🌐 https://www.spaceheem.com

✉ spaceheem@naver.com

📷 @spaceheem

- -

영영

📍 부산 수영구 망미번영로52번길 5, 지하 1층

📞 0507-1364-1740

📷 @exhibition00_

- -

현대미술회관

📍 부산 수영구 망미번영로85번가길 9

📷 @centerofcontemporaryart

아트랩

📍 부산 수영구 망미번영로63번길 61-4 1층

💬 0507-1377-0116

🌐 https://artlabkorea.modoo.at

📷 @artlabbusan, @artlab_korea

틈9413

📍 부산 수영구 민락로 27번길 28

📷 @turm9413

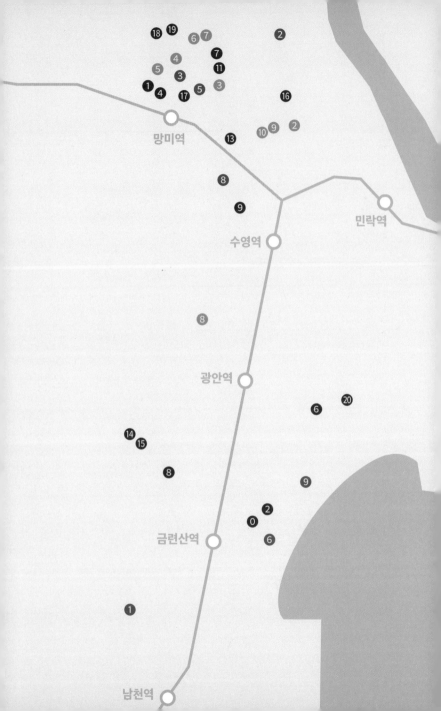

부록 - 수영구 문화예술 지도

텀시티역

벡스코역

❶ 플랜비문화예술협동조합
❷ 수영문화도시센터
❸ 비온후
❹ 글이
❺ 호밀밭
❻ 미디토리협동조합
❼ 스토리머지
❽ 아이컨택
❾ 예술은 공유다

❶ 라움 프르다바코
❷ 푸조와곰솔/수영성마을박물관
❸ 도도수영8A
❹ 림림스튜디오
❺ 그린 온 더 브라운
❻ 헬로커피 하이허니
❼ 자연으로 채우다, 밀
❽ 아뜰리에 소이
❾ 맞소잉
❿ 가죽공방 본

⓿ 밤산책방
❶ 동주책방
❷ 두두디북스
❸ 우연한서점
❹ 제로웨이스트 쑥
❺ 카페소수
❻ 러브얼스
❼ 꽃피는 4월 밀익는 5월
❽ 공간 나.라
❾ 가장보통의영화 VOM
❿ 파도씨네
⓫ 씨네포크
⓬ 오지필름
⓭ 씨네소파
⓮ 한국영화아카데미 KAFA
⓯ 부산아시아영화학교 AFiS
⓰ 공간 힘
⓱ 영영
⓲ 현대미술회관
⓳ 아트랩
⓴ 틈9413

※본 지도에는 책자에 소개된 문화예술 관련 단체 및 공간이 표기되어 있습니다.
※정확한 위치는 본문에 수록된 주소를 확인해주시면 됩니다.
※주소가 공개되지 않은 단체는 별도의 위치를 표기하지 않았습니다.

“세상 모든 것에 감탄하는 지혜로운 사람들의 공간”

호밀밭 homilbooks.com

골목에서 바다로, 수영

ⓒ 2023, 한국지역출판연대

기획	한국지역출판연대
지은이	배미래 정진리 박지선 박용희 박호경 전미경
	이어진 서경원 김미현 임은주 강병주 진세영
초판 1쇄 발행	2023년 9월 15일
책임편집	박정오
디자인	전혜정
펴낸이	장현정
펴낸곳	호밀밭
등록	2008년 11월 12일(제338-2008-6호)
주소	부산 수영구 연수로357번길 17-8
전화, 팩스	051-751-8001, 0505-510-4675
홈페이지	homilbooks.com
이메일	homilbooks@naver.com

Published in Korea by Homilbooks Publishing Co, Busan.
Registration No. 338-2008-6.
First press export edition September, 2023.

ISBN   979-11-6826-118-1   03810

※본 도서는 문화체육관광부와 한국출판문화산업진흥원 ‘2023년 지역출판산업활성화
   지원 사업’ 예산을 지원받아 제작했습니다. 문화체육관광부 한국출판문화산업진흥원